Über das Buch

Er gilt als eine der schärfstenZungen Bayerns: Helmut Zöpfl. Das zeigt er wieder einmal in seiner Gesellschaftssatire „Pssst ... streng vertraulich", die alles hat, was Helmut Zöpfl bei seinen Lesern so beliebt macht: Sein Humor ist auf dem Punkt, er ist nicht berechenbar, seine Gedanken sind nicht vorhersehbar. Wie unorthodox Helmut Zöpfl ist, lässt sich allein an seiner wissenschaftlichen Karriere ablesen. Ab 1971 hatte er in München den Lehrstuhl für Schulpädagogik inne. Unter anderem vertrat er die Belange der Schüler in mehreren pädagogischen Kommissionen und gestaltete viele Jahre lang Lehrpläne mit.

Bekannt wurde Helmut Zöpfl zudem durch seine publizistische Tätigkeit. Neben zahlreichen wissenschaftlichen Arbeiten verfasste er auch mehrere Schriftenbände und Kinderbücher sowie einige Gedichtbände in Mundart, nachdem er gemerkt hatte, dass er seine Botschaften leichter in einer Sprache, die für viele Heimat bedeutet, vermitteln kann.

Die Auflage, die seine Bücher erreicht haben, ist siebenstellig. Von seinen zahlreichen wissenschaftlichen und literarischen Auszeichnungen freut ihn am meisten der „Ismaninger Krautkopf", den, wie er sagt, bisher kein einziger Literaturnobelpreisträger erhalten hat.

1998 wechselte er die Seite, nahm ein naturwissenschaftliches Studium auf, das er 2002 mit der Promotion im Fach Biologie magna cum laude abschloss. Warum? Weil er es ganz einfach wissen wollte. Daran hat sich bis heute nichts geändert.

Und darum kann er auch nicht zusehen, wie die Welt der Pädagogik, seiner Pädagogik, in eine falsche Richtung abkippt. Er mag nicht zuschauen, wie die Kinder heute immer angepasster werden, weil sie glauben, dass das von ihnen erwartet wird. Ein Helmut Zöpfl schaut nicht zu. Ein Helmut Zöpfl bezieht Position.

HELMUT ZÖPFL

Pssst ...
streng vertraulich!

Postfaktisches aus einem Freistaat

Edition Kulturbüro8

Bibliografische Information der Deutschen Nationalbibliothek:
Die Deutsche Nationalbibliothek verzeichnet diese Publikation
in der Deutschen Nationalbibliografie; detaillierte bibliografische
Daten sind im Internet über dnb.dnb.de abrufbar.

Impressum

Erschienen in der Edition Kulturbuero8
Lenbachstr. 18 * 86529 Schrobenhausen
www.kulturbuero8.de

Erste Auflage 2025

Covergestaltung und Satz: Sabine Beck
Coverfoto: Calebo Quendo, pexels.com
Bearbeitung und Lektorat: Mathias Petry
Korrektorat: Hans Dieter Vogl

Verlag: BoD · Books on Demand GmbH, In de Tarpen 42, 22848 Norderstedt,
bod@bod.de
Druck: Libri Plureos GmbH, Friedensallee 273, 22763 Hamburg

ISBN: 978-3-7534-2616-7

1. SO FING'S AN

Irgendein gescheiter Mensch hat vor einiger Zeit herausgefunden, dass der Flügelschlag eines ganz winzigen Schmetterlings, sagen wir einmal im fernen Australien, ungeahnte Folgen für die ganze Welt haben kann. Der Flügelschlag löst einen Windhauch aus, dieser Windhauch weht zufällig irgendeinen kleinen Gegenstand weg. Das löst wieder etwas aus, und die Wirkungen schaukeln sich immer mehr auf, werden immer gravierender, bis es schließlich zu einer Klimakatastrophe kommt – und alles nur wegen des Flügelschlags eines winzigen Schmetterlings. Aber ich will hier nicht zu theoretisch werden. Es gibt es einen Witz, den ich schon vor Jahren gehört habe und der meines Erachtens die grundlegenden Erkenntnisse der ‚Chaosforschung‘ (von nichts anderem spreche ich gerade) auf humorvolle Weise noch besser erklärt.

Ein Golfspieler trifft den Ball mit zu großer Kraft. Der Ball landet auf einem Baum in einem Wespennest. Die Wespen schwirren wütend heraus und auf eine nahe gelegene Straße. Dort attackieren sie einen Radfahrer, der daraufhin vor Schreck von seinem fahrbaren Untersatz herunterfällt und liegen bleibt. Ein Autofahrer will ihm ausweichen, landet dabei aber an einem Baum. Das Auto geht in Flammen auf und steckt das dürre Gras an. Nicht lange, und ein riesiger Waldbrand ist entstanden.

Der Golfspieler, der dies alles verfolgt hat, überlegt: ‚Ich müsste doch wieder einmal eine Trainerstunde nehmen.‘

Genauso beginnt auch die Geschichte, die ich hier erzählen will. Das heißt, nicht genauso, denn ein der Auslöser war kein Golfball, sondern etwas ganz anderes. Die Universität hatte beschlossen, den neuen Lehrstuhl für Bayerische Literatur einzurichten.

Der Begriff ‚Lehrstuhl‘ muss laut Duden bekanntlich mit ‚eh‘ geschrieben werden. Ich bin aber der Meinung, man sollte ihn mit zwei e schreiben. Denn kaum dass so ein Lehrstuhl besetzt ist, kann es sein, dass dessen Besetzer oder Besitzer eigentlich schon wieder weg ist: Er hat an irgendeinem Forschungsvorhaben zu arbeiten begonnen.

Forschung kann etwas sehr Sinnvolles sein, wenn beispielsweise ein Mediziner eine Krankheit erforscht, um sich über mögliche Therapien Gedanken zu machen. Ich kenne aber auch Forschungsvorhaben von ganz anderer Art. Sie beginnen damit, dass der Forscher zunächst einmal danach forscht, wie man einen Forschungsauftrag bekommen könnte.

Dabei sind ein paar Dinge zu beachten. Von entscheidender Bedeutung ist erfahrungsgemäß, dass ein Forschungsauftrag möglichst kompliziert formuliert wird.

Wenn man etwa erforschen will, warum in Grönland weniger Kinder barfuß laufen als in Afrika, ist zunächst ein anspruchsvoller Titel zu wählen. Beispielsweise: ‚Die klimatische Kausalität der Nudopedestrie septentrionischer Regionen im Verhältnis zu meridianischen Regionen'.

Das Wichtigste aber ist, dass man erforscht, wie für solch eine Forschung die nötigen, meist nicht geringen Mittel zu beschaffen sind. Dazu gibt es seit einiger Zeit das Forschungsvorhaben über die ‚Beschaffung von Forschungsmittel in einer mittellosen Zeit'. Leider ist noch nicht absehbar, wann es abgeschlossen sein wird. Daher ist der Forscher bis auf Weiteres auf Eigenforschungen angewiesen.

Interessanterweise findet fast jeder Forscher innerhalb recht kurzer Zeit Möglichkeiten für die Beschaffung von Forschungsmitteln. Damit wiederum besorgt er sich zunächst Forschungskräfte und dann Forschungsräume sowie Forschungsmaterial.

Fast alle Forschungen dieser Art enden damit, dass man zu dem Forschungsergebnis gelangt: Um wissenschaftliche Fortschritte auf dem jeweiligen Gebiet zu erzielen, sind weitere Forschungen unabdingbar notwendig.

Aber ich schweife ein wenig ab. Zurück zur meiner Geschichte!

Irgendwann und wie hatte also die Fakultät der Universität beschlossen, diesen Lehrstuhl für Bayerische Literatur einzurichten. Merkwürdigerweise hatten sich nur zwei Kandidaten beworben.

Der eine war Wolfgang Pleiner, ein gebürtiger Salzburger, der aber seit seinem zweiten Lebensmonat in Bayern lebte, viele Jahre als Lehrer gewirkt hatte und alle akademischen Qualifikationen mitbrachte. Dazu hatte er eine ganze Reihe hervorragender Bücher über bayerische Literatur verfasst.

Der zweite Vertreter, ein gewisser Jens-Uwe Hofeditz, stammte aus Bremen. Sein Forschungsgebiet waren Kinderreime aus aller Herren Ländern. Dabei hatte er in seinem großen Buch zu dieser Thematik auch den bayerischen Kinderreimen ein Kapitel gewidmet. Ansonsten hatte er zur bayerischen Sprache weniger Verhältnis als ein Papagei zum Tiefseetauchen.

Der Dekan der Fakultät für Sprachund Literaturwissenschaften, ein gewisser Dieter Klawuttke aus Wernigerode, der den Lehrstuhl für Schwerbehinderten-Linguistik innehatte, war vor Kurzem mit seiner Bewerbung an der Universität Salzburg durchgefallen Er hielt ein flammendes Plädoyer für Jens-Uwe Hofeditz, indem er darauf aufmerksam machte, dass die Fakultät bei einer Berufung dieses Mannes die Aussicht auf enorme zusätzliche Forschungsmittel habe. Und dies gab den Ausschlag, dass Hofeditz am Ende des Berufungsverfahrens als gleich geeignet wie sein österreich-bayerischer Kollege angesehen wurde. Damit lag die Entscheidung beim Kultusministerium.

Da die Universität drängte, blieb den zuständigen Damen und Herren nur eine sehr kurze Überlegungszeit. Wie es der Zufall wollte, wurde der fachkundige Leitende Ministerialrat Winninger aber just in dieser Zeit zum Leiter der Staatsbibliothek in Passau ernannt und war dabei, seine Stelle zu räumen. So musste sich dessen Stellvertreter mit der Sache befassen. Er war mit einer Österreicherin verheiratet und hatte an demselben Tag, an dem er dem Minister seinen Vorschlag unterschriftsreif vorlegen musste, einen Riesenkrach mit seiner Gattin. Die Frau hatte ihn daraufhin noch in den Morgenstunden verlassen und war zu ihrer in Salzburg lebenden Mutter abgereist.

Infolgedessen fand der Minister auf seinem Schreibtisch eine Liste vor, auf der Hofeditz an erster Stelle rangierte. Auch er hatte an diesem Tag gewaltigen Ärger bekommen. Ein Zeitungsjournalist hatte heftige Kritik an ihm geübt, weil er für die Welturaufführung des Werkes ‚Sadom und Sedum', das von dem Bremer Zwölftonmusiker L. A. Bätsch stammte, weniger Mittel zur Verfügung gestellt hatte als für eine Mozartaufführung. Der Artikel erhob den Vorwurf der „Austrophilie", und zum Beweis wurde unter anderem angeführt, dass die Schwester des Ministers mit einem Grazer verheiratet sei. Das Ganze gipfelte in einer Rücktrittsforderung.

Nach alldem war es kein Wunder, dass der Minister nach genauen Studium der Unterlagen, betreffend die Besetzung des Lehrstuhls für Bayerische Literatur, dem Vorschlag seines Ministerialbeamten folgte. Er sah darin eine Möglichkeit, sozusagen Wiedergutmachung zu leisten.

Das war also der Anfang.

Aber wie das meistens bei den Anfängen ist: Am Anfang ist noch gar nicht sichtbar, welche Folgen diese, wenn man so will, Kleinigkeiten oder Zufälle nach sich ziehen werden.

Sie erinnern sich an den Schmetterling beziehungsweise an den Golfball? Wäre der Schmetterling eine Stunde später weggeflogen, hätte sein Flügelschlag vielleicht keine Klimakatastrophe ausgelöst; hätte der Golfspieler verschlafen, hätte er vielleicht nie zu dem verhängnisvollen Schlag angesetzt. Und hätten nicht die Familie des Ministerialrats gerade an diesem Tag ihren Streit bekommen, vielleicht wäre alles anders ausgegangen.

Aber der Anfang war nun einmal gemacht und hatte den Stein ins Rollen gebracht. Das heißt natürlich nicht, dass es in unserer Geschichte nicht erneut eine ganze Reihe von Kleinigkeiten geben wird, die auf das Gesamtgeschehen einen entscheidenden Einfluss haben.

Denn es ist ja wohl eine in der Naturwissenschaft bekannte Tatsache, dass die Ursache immer im winzig Kleinen liegt. Denken Sie nur an die heute als gültig anerkannte Theorie von der Entstehung der Welt, wo alles aus einem einzigen Teilchen hervorgegangen sein soll.

2. DIE ANFÄNGE DES HERRN HOFEDITZ

Sobald der Ruf an den Lehrstuhl für Bayerische Literatur an ihn ergangen war, traf Hofeditz am neuen Ort seines Wirkens gewisse Vorbereitungen. Denn er hatte, so viel sei an dieser Stelle schon verraten, ganz offensichtlich große Pläne.

Als Erstes trat er aus der Partei aus, der er bisher angehört hatte – sie war in dem Bundesland, in dem er eben noch gewirkt hatte, seit vielen Jahren am Ruder. Dafür wurde er nun Mitglied der Bayerischen Landespartei. Er vollzog diesen Schwenk keineswegs in aller Stille, sondern ließ alle davon wissen, die im Lande etwas zu sagen hatten.

Jedem Minister und auch anderen wichtigsten Persönlichkeiten in hohen Staatsämtern schrieb er einen persönlichen Brief. Darin führte er aus, sein Eintritt in die Partei sei vor allem darauf zurückzuführen, dass er das Wirken des jeweiligen Herrn oder der jeweiligen Dame uneingeschränkt bewundere. Er erbot sich, sein ganzes wissenschaftliches Wirken in den Dienst des Staates zu stellen, der ihn so ehrenvoll berufen habe, aber auch „Ihnen, hochverehrter Herr Minister" – in anderen Schreiben war es eben eine hochverehrte Frau Ministerin, ein hochverehrter Herr Staatssekretär oder eine hochverehrte Frau Staatssekretärin – zuzuarbeiten. Es sei ihm, so schrieb er weiter, schon an seiner bisherigen Wirkungsstätte ein großes Anliegen gewesen, endlich einen Aufsatz des jeweiligen Herrn oder der jeweiligen Dame für sein weltweit Furore machendes, im Entstehen begriffenes Buch ‚Große Geister unserer Zeit' zu gewinnen. Nun, da er sich in Bayern befinde, habe er endlich den Mut gefasst, dieses Anliegen vorzutragen.

Die Angesprochenen oder vielmehr Angeschriebenen fühlten sich sehr geschmeichelt und gaben als Erstes die Anweisung, Hofeditz zu sämtlichen Staatsempfängen einzuladen. Dann beauftragten sie ihre Redenschreiber, einen Beitrag für das Buch zu schreiben und darin ihr Wirken gebührend herauszustellen.

Schon nach kurzer Zeit hatte Hofeditz die Kulturszene des Landes genau erforscht. Er stellte fest, dass es zwei rivalisierende Dichteroder Schriftstellergilden gab. Eine beim Publikum sehr angesehene nannte sich ‚Hofschreiber'. Ihre Mitglieder waren eher konservativ. Die andere Gruppe waren die aufmüpfigen ‚Litokriten'. Ihr hervorstechendstes Kennzeichen war ihre vollständige Humorlosigkeit. Doch für alle Politiker im Lande, die sich selbst als ‚fortschrittlich' ansahen, gehörte es zum guten Ton, die Litokriten großartig zu finden. Und die Konservativen hatten Angst davor, sie nicht großartig zu finden. So kam es, dass die Mitglieder dieser Vereinigung sämtliche Literaturpreise einheimsten, die im Lande zu vergeben waren.

Hofeditz nahm sich zunächst einmal die Hofschreiber vor und schrieb einen umfangreichen Brief an den Präsidenten derselben, einen gewissen Wilhelm Friedrich. Darin erklärte er, dass er an seiner bisherigen Wirkungsstätte schon mehrere Vorlesungen über die literarische Tätigkeit der Hofschreiber gehalten habe und dass es sein sehnlichstes Anliegen sei, die ihm fast unbegrenzt für Literatur zur Verfügung stehenden Geldmittel zur Förderung dieser Schriftstellergruppierung zu nutzen. Er habe auch eine ganze Reihe von Verlagen an der Hand, die nur darauf warteten, Bücher von und mit den Hofschreibern zu gestalten. Eine besondere Ehre und Freude wäre es ihm natürlich, schrieb er, bei einer der Veranstaltungen der Hofschreiber eingeladen zu werden und dort einmal selbst über seine zukünftigen Aufgaben und Vorhaben sprechen zu können.

Es versteht sich wohl von selbst, dass die Einladung von Wilhelm Friedrich nicht lange auf sich warten ließ. Dieser lud sogar kurzfristig den zunächst für die Festansprache der alljährlich stattfindenden ‚Hofschreiberpreisverleihung' ausgesuchten verdienten Heimatpfleger Alfons Schottenmüller aus und dafür Hofeditz ein. Und der nutzte natürlich die Gelegenheit, die sich ihm bot, um sich in Szene zu setzen.

Zunächst klärte er die anwesenden, allesamt aus Bayern stammenden Hofschreiber auf, was überhaupt ‚bayerische Literatur' sei. Er habe in seinen umfangreichen Forschungen das Wesen des Bayerischen ganz genau ergründet. Ausgehend von diesen neuesten Untersuchungen habe er einige Kriterien aufgestellt und sie dann auf die literarischen Erzeugnisse der Hofschreiber angewandt. Dabei sei, so erklärte er der betrübten Festversammlung, unterm Strich nicht sehr viel übrig geblieben, weder bayerisch noch literarisch. Er bemängelte die Schreibweise der meisten Hofschreiber. Sie stimme in vielen Punkten absolut nicht mit den von ihm festgesetzten allgemeingültigen Mundartfixierungen überein. Mundart, so meinte er feststellen zu können, sei ganz und gar nicht die Stärke der Hofschreiber. Vieles sei fehlerhaft, nicht durchdacht, inkonsequent und mit der bayerischen Sprachgeschichte nicht vereinbar.

Den Schluss der Rede bildete sein hoffnungsvoller Ausblick, dass sich nunmehr alles zum Besseren wenden könne. Durch die Schaffung des Lehrstuhls für Bayerische Literatur und dank seiner Berufung seien die Voraussetzungen geschaffen, die literarische Produktion der Hofschreiber, bisher in vieler Hinsicht laienhaft, auf ein neues Niveau zu heben. „Die bayerische Literatur", so seine Worte, „ist etwas Wissenschaftliches, ja sogar höchst Wissenschaftliches. Ich werde den Menschen dieses Landes systematisch vermitteln, dass die bayerische Sprache und die bayerische Kultur untrennbar miteinander verbunden sind. Und ich", rief er leidenschaftlich aus, „ich werde diese bayerische Kultur zu einer neuen Blüte bringen. – All denen, die jetzt aufgrund meiner gerade dargestellten Untersuchungen zu resignieren beginnen, all denen sei gesagt, dass ich ab dem· kommenden Wintersemester Vorlesungen und Seminare anbiete, in denen sie systematisch sprechen und schreiben lernen. Und so lade ich", schloss er seinen Vortrag, „Sie, verehrte Hofschreiber, ein, sich in meinem eigens für Sie angebotenen Seniorenstudium zu immatrikulieren. So werden Sie dem hehren Anspruch, den die Hofschreiber an sich selbst stellen, wenigstens einigermaßen gerecht werden."

„Guat hat er gredt", meinte anschließend beim Hofschreiber-Stammtisch der sich stets modern gebende Hofschreiber Karlfried Schreiber. Der 93-jährige, schon etwas schwerhörige Senior der Hofschreiber, Erwin Hupfauf, dagegen fragte: „Was hat er denn eigentlich gsagt? I hab des meiste net verstandn."

„Denk dir nix", schrie ihm der humorvoll-kritische Herbert Schuster ins Ohr „I hab zwar verstandn, was er gsagt hat, aber er hat eigentlich gar nix gsagt. Des dafür aber sehr ausführlich."

Hofeditz' nächster Auftritt war der bei der anderen SchriftstellerGruppierung, bei den Litokriten. Dort schlug er ganz andere Töne an, wusste er doch, dass man durch eine gute Beziehung zu ihnen am ehesten zu Literaturpreisen und Forschungsmitteln kommen konnte. Denn es ist eine bekannte Tatsache, dass sich Konservative immer linke Alibis suchen, um ihre Liberalität zu bekunden, und darin bestand das wichtigste Erfolgsgeheimnis der Litokriten. Außerdem hatte jeder im Lande ein wenig Angst, sich mit diesen Leuten anzulegen, da sie erheblich aggressiver waren als die biederen Literaten aus der konservativen Ecke. Ich habe im Zusammenhang mit den Litokriten gerade das Wort ‚Erfolg' gebraucht. Jetzt gibt es natürlich verschiedene Arten von Erfolg. Wer ganz oberflächlich an die Sache heranging, der hätte gesagt, dass die Hofschreiber ausgesprochen erfolgreich waren. Sie sorgten landauf, landab immer wieder für publikumsträchtige Veranstaltungen. Nur gibt es im Kulturbetrieb eine eiserne Regel, die sich auch hier bewahrheitete: Die Bezuschussung steht grundsätzlich im umgekehrten Verhältnis zum Publikumsinteresse.

Trotzdem waren die Litokriten nicht immer glücklich mit ihrer Lage. Während nämlich die Hofschreiber jeden Monat bei ihren Lesungen ein ausverkauftes Haus hatten, lasen sie meist nur vor ihrer mitgebrachten Verwandtschaft. Die Veranstaltungen der Litokriten spielten sich meist im sogenannten ‚Kulturpalast' in der Landeshauptstadt ab. Die kleinsten Zimmer dort waren für zehn Personen konstruiert. Doch es ließ sich nicht vermeiden, dass selbst sie bei solchen Anlässen recht leer wirkten. Daher wurde im städtischen Kulturreferat der Vorschlag erörtert, die Wände zu verspiegeln, um den Eindruck eines großen Auditoriums zu erwecken.

Ein besonderer Gönner der Litokriten war ein Vertreter der konservativen Partei, ein gewisser Roland Theophil Froschmeier, der sich selbst als bedeutenden Maler, Lyriker, Essayisten, Bildhauer, Architekten, Komponisten und Klaviervirtuosen einschätzte. Die Litokriten ermöglichten ihm regelmäßig den Zugang zu ihrer bestsubventionierten Zeitschrift. Da durfte er ausgiebig seiner Lyrik frönen.

Zurück zu Hofeditz. Der hatte sich vor seinem Vortrag natürlich genau kundig gemacht und zitierte die Schriften der Litokriten als leuchtende Beispiele engagierter Literatur des Volkes, der Heimat und des Stammes. Er versprach, unter dem Beifall der Anwesenden, sich mit allen ihm zur Verfügung stehenden Mitteln für die Förderung dieser Werte einzusetzen. Und da er sich im Vorfeld auch mit Froschmeier befasst hatte, las er als Beispiel für besonders gelungene Gegenwartslyrik dessen Beitrag mit dem Titel ‚Wanne‘ vor, der folgendermaßen lautete:

Wanne
mei anne
oschaug
dann spanne
ohne mei anne
kanne, ja kanne
nimmermehr sei.

So oder ähnlich verfuhr Hofeditz in der ersten Zeit nach seiner Berufung bei all seinen Auftritten. Kein Wunder, dass er schon nach kurzer Zeit Mittel von der Stadt, vom Kultusministerium und diversen anderen Organisationen erhielt, die ihm erlaubten, eine eigene Zeitschrift herauszugeben. Er nannte sie ‚Der Gegenwartsliterat‘. Die Zahl der Leser blieb zwar auch nach Jahren immer noch eng begrenzt. In der Hauptstadt wurden regelmäßig weniger Exemplare abgesetzt, als von dem ostfriesischen Blatt ‚Der Wattwanderer‘ im Landkreis Freyung-Grafenau verkauft werden konnten. Das betrübte Hofeditz aber keineswegs. Im Gegenteil: Er verkündete bei allen sich bietenden Gelegenheiten, dass ‚Der Gegenwartslisterat‘ das maßgebende Organ für Literatur in unserem Land, ja für die gesamte deutsche Literatur sei.

So ist es nicht erstaunlich, dass Hofeditz schon nach kurzer

Zeit sämtlichen Gremien angehörte, die auf dem Gebiet der Kultur irgendetwas zu sagen hatten. Er saß im Medienrat, im Rundfunkrat und ausnahmslos in sämtlichen Jurys, die über die Vergabe von Literaturpreisen entschieden.

3. DER WALDBUND

Der Waldbund war im Lande eine Institution. Keine Volksmusikgruppe konnte es sich leisten, sich mit dieser Brauchtumsvereinigung anzulegen. Der Waldbund bestimmte darüber, was echt und bayerisch war. Wehe, wenn sich irgendeinen Musikant, eine Sängerin oder ein Sänger erdreistete, etwas öffentlich aufzuführen, was nicht vom Waldbund abgesegnet war! Und wehe, wenn der große Vorsitzende desselben, Xaver Wackersbauer, bei irgendeiner Gelegenheit sagte:
»Habt ihr schon die Tissendorfer Dirndln gehört, was die gesungen haben? Da ist eine Zeile dabei, die ist nicht echt.«

Dieses »nicht echt« bedeutete in der Regel das Aus für die jeweilige Gruppe. Wer sich nicht mehr der Gunst des Xaver Wackersbauer erfreute, dem drohte wie ein Damokles-Schwert dieses Urteil »nicht echt«.

Es gab vieles, was als »nicht echt« eingestuft werden konnte. Beispielsweise eine Kadenz, die – wenigstens nach Wackersbauers Urteil – nicht ins volksmusikalische Bild passte. Vor allem aber war es der Text, der sich strikt an die bayerisch-alpenländischen Vorgaben halten musste. Als echt anerkannt wurde für gewöhnlich alles, was sich um Almaufund abtrieb, Jager und Wildschützen, den Jahresablauf, Frühjahr, Sommer, Herbst und Winter und die Liab vom Dirndl zum Buam drehte. Verirrte sich jemand in andere Gefilde, dann wurde es gefährlich.

Nicht nur für den Text gab es strenge Regeln. Ebenso streng war die Kleiderordnung für die Auftritte. Wenn das Gwand und die Tracht nicht ganz genau stimmten, dann war das ähnlich verhängnisvoll, als wenn jemand im Text mit dem Mähdrescher statt mit »de Rooß« über das Feld gefahren wäre.

Auch die Frisuren unterlagen einer Art Zensur. Wehe, die Dirndln ließen sich einfallen, sich die Haare einmal kurz schneiden zu lassen. Als die Hartlfinger Madln sich dies einmal leisteten, wurden sie mit vier Jahren Sperre bestraft. Und da sie damals schon weit über die dreißig waren, mussten sie sich hernach in ,Hartlfinger-Sängerinnen' umbenennen, bekamen aber bei den großen Hoagascht-Veranstaltungen nie mehr einen guten Platz im Programm. Das war ein echter Nachteil, weil einige dieser Veranstaltungen sogar im Rundfunk oder Fernsehen übertragen wurden und dadurch eine gewisse Einnahmequelle bedeuteten. Wobei der Wackersbauer-Xaver immer verkündete, dass es in der Kultur auf keinen Fall ums Geld gehen dürfe.

Beinahe hätte ich es vergessen. Der Wackersbauer-Xaver betrieb zusammen mit seinem Bruder eine große Musikalienhandlung und hatte außerdem ein eigenes Tonstudio, in dem er die echtesten aller echten Musikstücke und Gesänge aufnahm. Seine Frau hatte ein sehr angesehenes Trachtengeschäft, in dem selbstverständlich nur verkauft wurde, was ebenfalls ganz und gar echt war.

Bei vielen der erwähnten Hoagarten, bei denen vornehmlich gesungen und musiziert, aber auch da und dort ein paar verbindende Worte gesagt wurden, fungierte der Xaver höchstpersönlich als Sprecher. Die reizvollen Texte zu diesen Darbietungen entwarf er meistens selbst. Hier eine kleine Kostprobe:

»So, liabe Leit, jetzt san ma wieder da. Wir ham uns wieder eingrfunden zu unserem Sängerund Musikantentreffen in Englpolding. Eine ganze Reihe von Sängerinnen und Musikanten ist dem Aufruf gefolgt, und jetzt, liebe Leitl, horchts euch an, was wir euch vorspuin und vorsingen werdn. Wir fangen an mit den Mitterleitner Buam, die uns des Lied vom ,Scheena Fruajahr' singen werdn. Begleitet werdn sie auf der Zither vom Ampflwacher-Sepp, der jedem echten Volksmusikanten ein Begriff ist. Sepp, hast dei Instrument dabei? Also guat, dann fang ma o! Buama, singts oans!«

Buama, die schon weit in den Sechzigern waren, fingen nun mit einem Lobpreis des Frühjahrs an. In der Regel, jedenfalls wenn er ,echt' sein soll, läuft der Lobpreis so ab: Man freut sich, dass das Frühjahr da ist, weil's dann wieder aufwärts geht. Der beginnende Lenz dokumentiert sich in dem Lied vor allem dadurch, dass alles wieder grün, oder vielmehr »grea«, wird und dass die Bäume zu blühen beginnen. Ja, häufig ist auch von Vogerln die Rede, die jetzt ihr Frühjahrslied singen.

Im Mittelpunkt steht aber fast bei all diesen Frühlingsliedern der Almauftrieb, die Sennerin, die die Küah und Kalma wieder aufetreibt auf die Alma. Als Prototyp eines Frühjahrsliedes können also folgende Zeilen gelten:

Jetzt fangt des scheene Fruahjahr o.
Da treibn mas' aufi auf de Alma,
unsere Küah und unsere Kalma.
Da treibn mas' aufi auf die Höh.
Holladiridioh, da drobn is' schee.

Nachdem das Frühjahrslied beendet ist, tritt der Wackersbauer-Xaver wieder ans Rednerpult, bedankt sich bei den Buam für des »scheene Fruahjahrsliad« und kündigt dann in etwa wie folgt die nächste Gruppe an:

»So, nachdem jetzt unsere Buama des scheene Liad vom Fruahjahr gsunga ham, geht's weiter in unserm Programm. I gfreu mi, dass unsere Mooslechner-Dirndln heut zu uns kemma san. Wenn i mi net täusch, habts ihr aa a Liad mitbracht? Geh, Monika, wia hoaßt'n euer Liad?«

»Jetz fangt da scheene Sommer o.«

»Aha«, meint darauf der Wackersbauer-Xaver, »jetz ham ma schon des Liad vom Fruahjahr ghört, jetz san ma gspannt, was uns da Sommer bringt. Könnts uns des Liad aa singa?«

»Also dann, auf geht's!«, juchzt die Monika. Die drei MooslechnerDirndln, die schon in den Fünfzigern sind, besingen nun den Sommer. Weil es natürlich ein ,echtes' ist, lautet der Text so:

Jetzt fangt der scheene Sommer o.
Da san ma droma auf de Alma,
bei de Küah und bei de Kalma.
Ja, auf da Alm is Sommerzeit.
Holladiridioh, des is a Freud!

Nach diesen eindrucksvollen Zeilen betritt wiederum der Xaver das Rednerpult, bedankt sich bei den ,Dirndln', die in ihrem Lied

17

ein eindrucksvolles Bild des almerischen Lebens im Sommer gezeichnet hätten, und meint, dass es ja nicht nur das Fruahjahr und den Sommer gebe, sondern auch noch den Hirgscht. Und darüber wüssten jetzt die Geschwister Daxlrieder zu berichten Er begrüßt sie mit den Worten:
»Nett, dass' zu uns kemma seids zu unserm Musikantentreffen. Habts ihr uns aa a Liadl mitbracht, des was' uns vortragn könnts? Also dann, Quirin, wia waars, wennst as uns singa daadst?«

Und jetzt bekommen die liabn Leit im Saal den Prototyp des Herbstliedes zu hören:·

Jetzt fangt da schöne Hirgscht wohl o.
Da treibn mas' abe von de Alma,
unsere Küah und unsere Kalma.
Da treibn mas' abe von der Höh.
Holladiridioh, da drobn war's schee.

Der Xaver meint am Ende, dass der Herbst wohl schon immer Dichter und Sänger zu besonders eindrucksvollen lyrischen Versen beflügelt habe. Und dass die Geschwister Daxlrieder gerade ein eindrucksvolles Zeugnis dafür geliefert hätten, wie bei uns im Volk die Schönheit des Herbstes in Wort und Ton eindrucksvoll besungen wird. »Ja, aber«, meint er dann, »was wär das Jahr, wenn es nicht auch einen Winter gäbe? Denn wir ham ja bekanntlich nicht nur eine, nicht nur zwei, nicht nur drei, sondern sogar vier Jahreszeiten!« Auch wenn der Winter oft kalt und eisig sei, das hätt trotzdem seine guten Seiten. Und darüber würden wir jetzt ein Lied hören, das der Kuglhafer-Lenz singt.

»Ja, ihr habts schon richtig gehört, der Kugelhafer Lenz, unser letztes bayerisches Original, das wir noch haben. Trotz seiner 87 Jahre hat er es sich nicht nehmen lassen, zu unserem Sängerund Musikantentreffen zu kommen.«

Der Kuglhafer-Lenz singt mit einer für sein Alter erstaunlich kräftigen Stimme ein Lied, das sich mit dem Leben auf den Almen und dem Tal im Winter befasst und etwa so geht:

Jetzt is die kalte Winterszeit.
Da liegt der Schnee wohl auf de Alma,

und die Kuahlan und die Kalma
san jetzt drunt in eahnam Stall.
Holladiridioh, in unserm Tal.

Vor Jahren hatte der Mundartdichter und Sprachforscher Jeremias Lohhofer für große Aufregung gesorgt. Er hatte nach einer Möglichkeit gesucht, ein wenig neues Leben in die Reihen der »Alma und Kalma« zu bringen, und deshalb eine fünfte Variante der üblichen Jahreszeitenlieder geschrieben. Sie lautete folgendermaßen:

Jetzt kimmt die schöne Fruahjahrszeit.
Heuer kimm i auf die Alma
nimma aufe zwengs meim Rheuma.
's Rheuma is fürs Bergsteign Gift.
Holladiridioh, i fahr mi'm Lift.

Diese Zeilen hatten für den größten Skandal auf dem ‚Bayerischen Sprachtumsund Musikantenwettbewerb' gesorgt. In der Zeitschrift

‚Der Almauftrieb', die übrigens von Xaver Wackersbauer herausgegeben wurde, wurde dieser Veranstaltung eine Sondernummer gewidmet. Dabei wurde auch die »beispiellose Entgleisung« des Jeremias Lohhofer in einem eigenen Artikel gebührend verurteilt. Alle, die sich dem bayerischen Brauchtum verbunden fühlten, wurden angewiesen, Jeremias künftig zu meiden. Sollte der Sünder ein Lokal betreten, sei es die Pflicht jedes aufrechten Brauchtumsschützers, es sofort zu verlassen. Wackersbauer, der als Vertreter für Kulturund Brauchtumspflege auch im Rundfunkrat saß, hatte es durchgesetzt, dass Lohhofer in Sendungen und Veranstaltungen des staatlichen Rundfunks und Fernsehens absolutes Auftrittsverbot erhielt.

Inzwischen hat Lohhofer seine Eigentumswohnung in Rosenheim verkauft und arbeitet jetzt als Lektor im Schimmelreiter-Verlag in Schleswig-Holstein.

4. ERNA KOHLHUBER BETRITT DIE BÜHNE

Warum ich so ausführlich über den Waldbund geschreiben habe, wird sich gleich herausstellen.

Hofeditz war schon nach relativ kurzer Zeit klar geworden, wie mächtig diese Vereinigung im Lande war, und sann tagaus, tagein darüber nach, wie er sich dort in eine führende Position hineinmanövrieren könnte.

Da kam ihm der Zufall zu Hilfe. Denken wir wieder an den Schmtterling oder den Golfball!

Zur damaligen Zeit gab es im Lande eine Politikerin, die den bedeutenden Rang einer Staatssekretärin einnahm. Sie verdankte das allein der Tatsache, dass sie allen Ansprüchen genügte, die das fast göttlich verehrte Prinzip des Proporzes damals an einen Bewerber stellte. Erstens war sie eine Frau. Zweitens stammte sie aus einem Landesteil, von dem feststand, dass ihm stets eine der führenden Positionen in der Regierung eingeräumt werden musste. Dazu kam, dass sie genau der Konfession angehörte, die für den vollkommenen Proporz in ihrem Ministerium noch gebraucht wurde, und dass sie eine der wenigen Nichtbeamtinnen oder -beamten in den hohen Staatsämtern war.

Ansonsten zeichnete sie nicht viel aus. Dies wirkte sich jedoch auf ihre weitere Karriere nur positiv aus. Bei ihren politischen Auftritten merkte nämlich jedermann, wie es um ihre geistigen Fähigkeiten bestellt war. Das wiederum führte dazu, dass sich die Verantwortlichen in ihrer Partei scheuten, sie vor großem Publikum sprechen zu lassen. So trat sie bald nur noch bei kleinen, scheinbar unbedeutenden Anlässen auf.

Es ist ein großer Irrtum, zu meinen, Politiker erreichten dann am meisten, wenn sie vor einem möglichst großen Publikum sprechen. Bei den Großveranstaltungen der Parteien sind meistens ohnehin nur diejenigen da, die diese Partei sowieso schon wählen – ausgenommen vielleicht ein paar Störer, die man aber sowieso nicht überzeugen kann.

Ah ja, beinahe hätte ich es vergessen, der Name der Politikerin war Erna Kohlhuber. Sie durfte bei kleineren Veranstaltungen allenthalben ihre Grußworte entrichten. Außerdem gehörte sie einer ganzen Reihe von Gremien an, darunter auch solchen, die beträchtlich weniger Geldsorgen hatten als der Finanzminister. Und sie saß in der Vorstandschaft von ein paar Dutzend Vereinen.

Unsere großen Politiker bemühen sich ja in der Regel nicht um den TSV Unterheimbach oder die Sportfreunde Waglfing, sondern nur um die großen Vereine oder gleich um die Nationalmannschaft. Mit der zeigt man sich ja nach dem Sieg in einem internationalen Turnier gern auf dem Balkon des Rathauses in der Landeshauptstadt und tut so, als hätte man selbst und nicht der Mittelstürmer das 2:1 geschossen.

Vor diesen Aufgaben blieb Erna Kohlhuber, wie gesagt, verschont. Aber sie hatte nicht zuletzt dank der finanziellen Möglichkeiten von diversen Vereinigungen, denen sie angehörte, einiges zu sagen. Ihre Hauptaufgabe bestand, wie schon angedeutet, im Aufsagen von Grußworten bei Fahnenweihen, 25-Jahr-Feiern von Kleingartenvereinen, Dackelzüchtervereinen, vor allem aber bei schulischen Anlässen aller Art, die ihrem Minister nicht groß genug erschienen und bei denen in der großen Tagespresse vermutlich kein Foto zu erwarten war. Genau dort stand Erna Kohlhuber ihren Mann oder vielmehr ihre Frau.

So kam sie in der Regel jeden Tag auf drei bis vier Festveranstaltungen, und man konnte es ihr nicht übel nehmen, dass sie für diese Veranstaltungen nicht immer eine eigene Rede parat hatte. Zur Lösung dieses Problems hatte sie sich ein bestimmtes Muster zurechtgelegt. Der Zufall wollte es, dass sie Mitglied des Otterkringer Kegelklubs ‚Alle Neune' war und diese Sportart heiß und innig liebte. So entwickelte Erna Kohlhuber eine bemerkenswerte Eigenheit: Sie kam bei ihren Grußworten nach ein paar Einleitungssätzen sofort auf das Kegeln zu sprechen – denn darin kannte sie sich aus – und bestritt damit einen Großteil ihres Vortrages.

Wenn sie also beispielsweise bei der Einweihung eines Schulzentrums sprechen musste, hörte sich ihre Rede etwa so an:

»Sehr geehrter Herr Oberschulrat, sehr geehrter Herr Schulleiter, verehrte Lehrerinnen, sehr geehrte Lehrer, liebe Eltern, liebe Kinder! Ich freue mich und bin glücklich, dass ich die Ehre habe, bei der Eröffnung der neuen Gamsacher Schule das Grußwort zu entrichten. Wenn ich euch so aufgereiht sehe, liebe Kinder, wie die Kegel, dann muss ich immer ans Kegelscheiben denken. Zunächst einmal sind alle noch in voller Zahl vorhanden, dann trennen sich die Wege, und die Kugel des Lebens rollt. Den einen verschlägt es dorthin, den anderen dahin …«

Falls es sich um die Einweihung einer Sportstätte handelte, war ihre Aufgabe natürlich noch leichter. Als der FC Birnbrunn einen neuen Fußballplatz mit Vereinsheim bekam und die Frau Staatssekretärin dazu ein Grußworte entrichten durfte, verwies sie erst auf die segensreiche Wirkung des Sportes, vor allem aber des Fußballsportes.

»Was wäre«, sagte sie, »aber der Fußballsport ohne den Ball, der, wie der frühere Bundestrainer Sepp Herberger einmal gesagt hat, rund ist und von dem man nicht weiß, wohin er rollt. Man kann ihm zwar mit dem Fuß oder mit dem Kopf eine gewisse Richtung geben, aber über einen Erfolg entscheidet außer dem Können auch das Glück des Augenblickes, ähnlich wie beim Kegelscheiben …«

Bei einer Zusammenkunft der Hokeyschiedsrichter gelang ihr eine besonders elegante Lösung: Sie kam über einen hübschen Schüttelreim schnell zur Sache, indem sie sagte, dass Schiedsrichter sich durch ihre Regelkunde auszeichneten, aber auch eine Kegelrunde etwas Wichtiges sei.

Mit der Zeit entwickelte also diese Staatssekretärin eine unglaubliche Fähigkeit, sämtliche wichtigen oder unwichtigen Dinge des Lebens auf den Punkt oder vielmehr die Kugel zu bringen. Getreu dem Motto: »Wer nichts zu sagen hat, kann überall mitreden« wurde sie bald zur Hauptrednerin bei allen wichtigen Ereignissen landauf, landab. Egal was der Anlass oder Inhalt der Veranstaltung war, nichts hielt sie davon ab, auf ihr Hobby überzuleiten und darüber zu plaudern, gleich ob es sich um das Jubiläum eines Kaninchenzüchtervereins handelte, die Eröffnung der Esoterik-Messe oder die Gedenkfeier zum Tod des Wildschützen Jennerwein, der ja bekanntlich einer heimtückischen Kugel (!) zum Opfer gefallen war.

Eines Tages nun passierte der Staatssekretärin etwas völlig Unvorhergesehenes, das sie längere Zeit völlig verunsichern sollte. Da sie beträchtliche Routine in der beschriebenen Kunst der eleganten Überleitung entwickelt hatte, erkundigte sie sich meist gar nicht mehr vorher, bei welcher Gelegenheit sie zu sprechen habe, und überließ alles der Eingebung des Augenblicks. So brachte sie ihr Chauffeur wieder einmal im Dienstwagen an den Ort ihres Auftritts, und erst beim Aussteigen fragte sie:»Zu was muss ich denn heute reden?«

Da erfuhr sie, dass sie die Festansprache zur 50-Jahr-Feier des Kegelvereines ‚Die lustigen Kranzler‘ halten sollte. Zunächst einmal war sie freudig überrascht: Das war ja sozusagen etwas wie ein Heimspiel! Doch dann, als sie das Rednerpult betrat, kam sie ins Schleudern. Bis dato hatte sie ja immer einen Ausgangspunkt für einen Vergleich zur Verfügung gehabt, gleich ob es die wie Kegel aufgereihten Schüler, der rollende Fußball oder was auch immer war. Aber nun fehlte ihr dieser Ausgangspunkt oder, wie der Lateiner sagt, das Primum comparationis.»Das Kegelscheiben, äh, vielmehr das Kegeln, ist … wie …«, begann sie. Aber dann fiel ihr nichts mehr ein. Wie sollte sie denn das Kegeln mit dem Kegeln vergleichen? Schließlich rang sie sich zu dem Satz durch:»Das Kegelspielen ist einfach ein Spiel in Bayern – äh – äh …«

Aus dieser peinlichen Verlegenheit befreite sie der Vorsitzende des Keglerbunds, und das war kein anderer als Xaver Wackersbauer. Er eilte auf die Bühne, trat ans Pult und schüttelte der Staatssekretärin die Hand.»Vielen Dank, Frau Staatssekretärin, für diese bewegenden Worte!«, verkündete er strahlend.»Niemand hätte es kürzer und prägnanter ausdrücken können, was uns alle bewegt. Kegeln ist ein Spiel, das in Bayern Tradition hat. Bayern und Tradition gehören zusammen, denn was wäre Tradition ohne Bayern? Und was wäre Bayern ohne Tradition? Was wäre die Tradition ohne Freude und die Freude ohne das Brauchtum, unsere Musikanten, unsere Sängerinnen?«

Und dann war er schon mitten in seinem Metier und hielt eine zündende Ansprache. Dabei bezog er sich immer wieder auf die

Aussage der Frau Staatssekretärin und meinte am Ende, er habe noch selten eine so prägnante Rede gehört, die den Nagel derart genau auf den Kopf getroffen hätte.

Erna Kohlhuber hatte bewegt seinen Worten gelauscht. Keine Frage, hier wurde eine Allianz geschlossen, die für die Zukunft des Landes von enormer Bedeutung war. Die Staatssekretärin wurde nicht nur zur Ehrenvorsitzenden der Kegler, sondern auch des Waldbundes gekürt, und damit war ihr Einflussbereich erneut stark gewachsen.

5. EIN PROFESSOR WILL NACH OBEN

Nur wer die gerade erzählte Vorgeschichte kennt, kann verstehen, wie es Professor Hofeditz weiter erging. Dieser hatte in der Zwischenzeit alle sich bietenden Möglichkeiten wahrgenommen, um den Mächtigen im Lande näherzukommen und so seinen Einfluss zu vergrößern. Doch bislang hielt sich sein Erfolg in Grenzen. Bei den üblichen Empfängen war er zwar mit vielen ranghohen Politikern zusammengetroffen. Es war ihm aber nicht gelungen, über ein paar belanglose Worte und den üblichen Händedruck hinaus etwas zu erreichen.

Der Kultusminister hatte, als Hofeditz sich vorstellte, nur die üblichen Worte geflüstert:»Ach, Sie sind das? Wie geht es Ihnen? Was machen die Studenten?« Und als der Professor etwas von Literatur zurückgeflüstert hatte, meinte er wohlwollend:»Ich habe neulich in einer Zeitung eines Ihrer bemerkenswerten zeitkritischen Herbstgedichte gelesen. Ich muss sagen: hochinteressant, hochinteressant, auch wenn ich da und dort natürlich von meiner humanistischen Herkunft her gewisse Einwände hätte und Sie die Zeitkritik wahrscheinlich etwas überziehen.«

Hofeditz konnte sich nicht erinnern, dass er jemals ein zeitkritisches Herbstgedicht geschrieben hätte. Er überlegte, wen der Minister gemeint haben könnte. Der hatte ja nun zugegebenermaßen viel um die Ohren, und da hatte er ihn offensichtlich verwechselt mit ... ja, genau, jetzt fiel es ihm ein, mit der Altlyrikerin Carina Waldau-Schluck.

Der Minister hatte ihm noch wohlwollend auf die Schulter geklopft und gesagt, er würde sich sehr freuen, eines dieser Gedichte demnächst handschriftlich von ihm mit seiner Unterschrift zu bekommen. Das wäre natürlich eine große Chance, überlegte Hofeditz.

Da er sich nicht mit fremden Federn schmücken wollte, beschloss er, selber ein zeitkritisches Herbstgedicht zu schreiben, und zwar in der traditionellen Form des Reimes, obwohl er an und für sich dagegen größere Vorbehalte hatte. Er wusste aber, dass der Minister bei allen möglichen Reden von der Ungereimtheit unserer Gesellschaft sprach. Hofeditz schloss daraus, dass der Herr eine Vorliebe für diese traditionelle, eigentlich längst veraltete lyrische Darstellungsweise besaß. Also dichtete er wie folgt:

Spätherbst
Alles fällt.
Das Jahr ist schon alt.
Es wird langsam kalt.
Der Winter kommt bald.
Der Vogel im Wald
schön langsam schweigt.
Wenn 's Jahr sich neigt,
ist ein großes Fallen
der Natur in allem
überall eigen.
Nur eines fällt nicht:
Die Ölpreise steigen.

Dieses Gedicht schickte er ein paar Tage nach dem Neujahrsempfang an den Minister ab. Handschriftlich. Er bekam darauf das übliche Antwortschreiben, das vermutlich schon vor Jahren ein Referent verfasst hatte: dass sich der Minister über die Glückwünsche zum neuen Jahr sehr gefreut habe und er sich weiterhin bemühen werde, trotz der angespannten Finanzlage seinem Amt voll und ganz gerecht zu werden.

Die nächste Begegnung Hofeditz' mit einem ranghohen Politiker fand bei einem Sommerempfang statt, auf dem er dem Landwirtschaftsminister vorgestellt wurde. Dieser nickte huldvoll, als Hofeditz sich vorstellte und etwas von seiner Tätigkeit als Literaturprofessor sagte.

»Ich wollte Ihnen schon längst einmal – äh – wie sagt man da?« Der Landwirtschaftsminister schaute sich Hilfe suchend nach seinem Referenten um.

»Schreiben«, sagte der.

»Richtig – äh – schreiben«, sagte der Landwirtschaftsminister zu Hofeditz gewandt. »Wie wär's denn, wenn Sie einmal – äh – etwas – äh – für mich machen könnten? Ich habe mit großer Freude in Ihren Bauernromanen die Sinnsprüche über Landwirte gelesen.«

»Gerne, sehr gerne!«, antwortete Hofeditz, obwohl er sich nicht erinnern konnte, je einen Bauernroman mit irgendwelchen Sprüchen über Landwirte geschrieben zu haben.

Der Landwirtschaftsminister reichte Hofeditz seine Visitenkarten.

»Im Übrigen«, meinte er sehr freundlich, »steht da gerade – äh – in meinem Ministerium eine Festschrift aus Anlass meines 60. – äh – Geburtstags an. Da könnte ich mir vorstellen – äh –, dass ein paar Ihrer – äh – Sprüchlein –äh, äh – ganz gut hineinpassen würden, Herr von Dieringen!«

Oh Gott, mit von Dieringen hatte er ihn verwechselt, fiel es jetzt Hofeditz ein. Von Dieringen hatte in der Tat einen zweieinhalbtausendseitigen Bauernroman geschrieben, der schon seit mehreren Jahren in allen möglichen Buchhandlungen für 3,99 Euro auf dem Ramschtisch lag. Ob der allerdings wirklich irgendwelche Sinnsprüche enthielt, darüber war sich Hofeditz nicht ganz im Klaren. Dennoch sah er eine riesige Chance, sich in den einflussreichen Kreisen im Lande weiter zu etablieren.

»Selbstverständlich«, meinte er freundlich zum Minister, »selbstverständlich. Das ist mir eine große Ehre! Ich werde mich sofort daranmachen und Ihnen einige schöne Sprüche zusammenstellen, Herr Minister!«

»Gut, gut«, sagte der, »aber denken Sie daran, dass es sich nur um kurze – äh – Reime handeln darf, denn die Festschrift hat nur 250 Seiten zur Verfügung, und da muss – äh – selbstverständlich natürlich auch für meine bisherige Amtstätigkeit und mein – äh –, wenn ich so sagen darf – äh –, segensreiches Wirken – äh – für dieses Land noch genügend Platz bleiben. Also – äh – wenn Sie etwas – äh – äh …«

»… schreiben«, half ihm sein Referent drauf.

»… richtig, schreiben, dann wenden Sie sich doch – äh – an meinen Referenten. Ich darf Ihnen denselben einmal vorstellen.

Kommen Sie doch näher, Herr Laschovsky, und vielleicht erklären Sie unserem Herrn – äh – Professor, an wen er sich – äh – wenden soll, wenn er seine Sprüche – äh …«

»… geschrieben hat«, ergänzte der Referent.

»Richtig, geschrieben hat. Also dann – äh – auf Wieder…«

»Wiedersehen«, half ihm der Referent drauf.

»Ja, richtig, auf Wiedersehen! Alles Gute für die Zukunft!«, verabschiedete sich der Minister.

Hofeditz machte sich daran, Sprüche aus dem ländlichen Bereich zu entwickeln. Er begann zu reimen:

Das höchste Lob im ganzen Land
gebührt allein dem Bauernstand.
Ob Wiese, Feld, ob Acker, Stall –
den Bauern braucht man überall.

Hofeditz befielen Zweifel, ob er so traditionell dichten dürfe. Erinnerte sein Gedicht nicht irgendwie an das Volkslied ‚Im Märzen der Bauer die Rösslein einspannt‘? Dabei hatte er doch vor etlichen Jahren ein glühendes Pamphlet geschrieben, wie unzeitgemäß dessen Text wäre. Er hatte damals, in seiner kritischen Phase, in literarischen Kreisen großes Aufsehen erregt, als er die landwirtschaftliche Kollektiv-Praxis der einstigen DDR als leuchtendes Beispiel diesem, so hatte er es genannt, »verkrusteten Traditionalismus« entgegenstellte. Sein Aufsatz hatte mit den selbst gedichteten Zeilen geendet:

Wer schafft das ganze Jahr
fürs Volk ganz unverdrossen?
Das sind unsere Bauern.
Ich lobe euch, Genossen.

Aber dieser Reim wäre wohl für die Festschrift des Ministers nicht sehr geeignet.

Vielleicht sollte er es einmal auf die heiter-satirische Art versuchen? Er schlug ein Pointen-Lexikon auf und fand die schönen Zeilen von Oliver Hassencamp:

»Was der Bauer nicht kennt, das frisst er nicht. Würde der Städter kennen, was er frisst, er würde umgehend Bauer werden.«

28

Das könnte was hergeben, überlegte sich Hofeditz. Schade, dass diese Zeilen nicht von mir stammen. Na ja, man müsste sie eben entsprechend verändern. Da könnte man auch irgendetwas von UmweltProblematik einbringen. Außerdem enthielt dieses Zitat keinen Reim. Es wäre ja schon eine eigenständige geistige Leistung, das Ganze in die in Bayern immer noch so beliebte Reimform zu bringen.

Hofeditz begann zu dichten:

Dem Bauernstand es eigen ist,
dass er, was er nicht kennt, nicht frisst.
Drum, Städter, hier in unserem Land,
habt stets Respekt vorm Bauernstand.
Denn in der Regel ist der Bauer,
wie jeder weiß, ein wenig schlauer.
Vielleicht würdst du zum Bauern auch,
sähst du hinein in deinen Bauch.

Hofeditz schrieb einen langen Brief an den Referenten des Ministers, dass er sich, eingedenk der Ministerworte, sehr kurz gehalten habe. Doch er glaube, mit diesen wenigen Zeilen gleichzeitig mehrere Nägel auf den Kopf getroffen zu haben. Das erste Element sei eine Laudatio auf die Klugheit der Bauern, das zweite eine kritische Auseinandersetzung mit der modernen Lebensmittelherstellung. Das drit te könne man, wie er meinte, zwischen den Zeilen finden: eine Empfehlung zugunsten der gesunden Ernährungsweise der Bauern und damit gleichzeitig eine Werbung für ihre landwirtschaftlichen Produkte. Vielleicht würden diese Zeilen den Bauern ein gewisses Selbstwertgefühl vermitteln und sie von der so betrüblichen Landflucht abhalten.

Nach mehreren Monaten bekam Hofeditz vom Referenten des Ministers eine Antwort. Der Minister habe sich von Herzen über die literarische Zusendung gefreut, er bedaure allerdings zutiefst, dass die Redaktion der Festschrift schon abgeschlossen sei. In Dankbarkeit lege er ihm ein Exemplar derselben bei. Der Minister habe aber die Güte gehabt, das Opus seinem Verbindungsbruder, dem großen bayerischen Verleger Wilhelm Meisterlich, weiterzugeben, der gerade einen großen Sammelband über Bauern-Lyrik herausbringe.

Hofeditz hatte seine Aktivität für den Bauernstand schon vergessen, da bekam er nach mehreren Monaten eine Nachricht vom Lektor des Verlages. Der Verleger bedanke sich recht herzlich für die großartigen Zeilen, die ihn über seinen Freund, den Landwirtschaftsminister, erreicht hätten. Der Minister habe sich aber getäuscht, der Meisterlich-Verlag werde keinen Lyrikband herausbringen, sondern eine Sammlung von lustigen Bauerngeschichten. Den Band wolle Herr Meisterlich seinem Freund, dem Landwirtschaftsminister, als nachträgliche Geburtstagsüberraschung präsentieren. Hofeditz gehöre zu den Leuten, die geradezu prädestiniert seien, dazu einen Beitrag schreiben. Der Verlag habe daher an ihn die Bitte, aus dem Gedicht eine Kurzgeschichte von etwa 40 bis 50 Seiten zu machen.

In diesem Angebot sah Hofeditz eine große Chance und ging da ran, eine Kurzgeschichte zu schreiben.

Im Mittelpunkt der Geschichte stand der Kleinbauer Dirigl, der immer mehr von der modernen Entwicklung an den Rand gedrängt wird: Ein Industrieller aus der Großstand versucht, ihm sein herrlich gelegenes Grundstück abzujagen. Der Bauer lässt sich aber nicht unterkriegen. Und als dann der Industrielle, der in der Nahrungsmittelbranche tätig ist, in einen Lebensmittelskandal verwickelt wird, sucht er seine Zuflucht beim Dirigl. Der berät ihn bei der Erzeugung von Bio-Lebensmitteln.

Das Ganze schloss mit dem Happy End: Die Tochter vom Dirigl und der Sohn des Großindustriellen heiraten und ziehen miteinander einen großen Bio-Betrieb auf.

Der Verleger Meisterlich antwortete einige Monate, nachdem er das Manuskript bekommen hatte, mit einem begeisterten Brief und meinte, die Geschichte sei so schön, dass sie den Rahmen der geplanten Anthologie sprenge. Gerade daher wolle er Hofeditz aber eine ganz besondere Chance eröffnen, so schrieb er weiter:

Nehmen Sie Kontakt zu meinem rotarischen Freund Knut Lichtwitz auf. Wie Sie, lieber Herr Professor Hofeditz, vielleicht wissen, ist er der Chef der Heimat-Abteilung ‚Unser blauer Himmel' beim staatlichen Fernsehen. Er freut sich jederzeit über eine gute weißblaue Geschichte. Im Übrigen verfügt er über beste

Kontakte zu unserem Herrn Landwirtschaftsminister, zu dessen Lieblingssendungen ‚Unser blauer Himmel' gehört. Ich sollte hinzufügen, dass bereits mehrere Autoren dieser Sendung vom Minister mit dem begehrten ‚Silbernen Pflug' ausgezeichnet worden sind.

Sicherlich, so fuhr der Verleger fort, sei es für Hofeditz ein Leichtes, seine Geschichte zu dialogisieren und zu einem Fernsehspiel umzuarbeiten.

Hofeditz ging erneut an die Arbeit, in der festen Überzeugung, die große Chance seines Lebens zu bekommen. Wenn er nämlich den ‚Silbernen Pflug' erhielte, würde das bedeuten, dass er in der Kulturszene in Bayern voll und ganz anerkannt wäre. Er erstellte also in mühevoller Arbeit ein Drehbuch für den Film und sandte es, wie ihm Meisterlich geraten hatte, an den Fernsehredakteur Knut Lichtwitz. Es gingen wieder mehrere Monate ins Land. Schließlich bekam Hofeditz einen Brief von Lichtwitz, in dem dieser ihm die freudige Mitteilung machte, dass er inzwischen der Chef der Politikabteilung des Fernsehens geworden wäre. Die Heimatredaktion sei aufgelöst und in den Unterhaltungsbereich integriert worden. Er, Lichtwitz, habe erfahren, dass die Unterhaltungsabteilung leider nicht mehr an Einzelsendungen interessiert sei. Infolge der Konkurrenz mit Privatsendern sei man dazu übergegangen, die Programmkonzeption ganz auf Serien abzustellen. Der Unterhaltungchef, Dr. Ernst Ziege, habe ihm aber verraten, dass Geschichten, die im ländlichen Milieu im Alpenraum spielten, ausgesprochen gut ankämen. Allerdings seien dabei die großen Gefühle gefragt und nicht »trockene« Stoffe wie die Auseinandersetzung um ein Stück Land.

Er könne daher Hofeditz das Angebot machen, mindestens zehn Fortsetzungen für eine derartige Serie zu schreiben. Zum Schluss ließ Lichtwitz dezent einfließen, Dr. Ziege gehöre derselben Studentenverbindung an wie der Landwirtschaftsminister. Das sollte wohl bedeuten, Hofeditz könne sich dessen Wohlwollen sicher sein.

Hofeditz jubelte, als er den Brief gelesen hatte. Jetzt schien der wirklich große Durchbruch ganz nahe zu sein. Wer eine

Herz-Schmerz-Serie im Fernsehen unterbringt, hat im Allgemeinen schon gewonnen. Der Professor verbrachte jede freie Minute damit, an den zehn Folgen zu schreiben. Er verbrachte viele Stunden vor dem Bildschirm, um sich zur Anregung neue Folgen abwechselnd von ‚Der Bergdoktor‘, ‚Dahoam is dahoam‘ und ‚Sturm der Liebe‘ anzusehen. Der Ausgangspunkt aller Verwicklungen lag nun darin, dass sich der Industrielle aus der Großstadt in die Frau des Bauern Dirigl verliebt hatte und sie nach allen Regeln der Kunst zu verführen versuchte. Kathi, die Dirigl-Tochter, bekam in dem Mokel Annika eine Nebenbuhlerin um die Gunst des schönen Fabrikantensohns. Und selbstverständlich durfte ein Dorfpfarrer nicht fehlen, der sich mit viel Herz um die Seelennöte seiner Schäflein kümmerte und dessen Entscheidung für den Zölibat schon in der dritten Folge ins Wanken kam.

Kurz und gut, nach längerer Zeit intensiven Arbeitens hatte Hofeditz stolz eine Serie von beträchtlichem Ausmaß aufs Papier gebracht und schickte dieselbe an das Büro von Dr. Ziege.

Dieser reagierte prompt nach mehreren Monaten. Er schrieb, dass er von der Thematik begeistert sei, zu seinem großen Bedauern fehlten aber dem staatlichen Fernsehen derzeit jegliche Mittel für neue Eigenproduktionen, weshalb man sich gezwungen sehe, im Vorabendprogramm weitestgehend eingekaufte Serien laufen zu lassen. Hofeditz solle aber keinesfalls umsonst gearbeitet haben. Der neue Intendant der hiesigen Operette, ein gewisser Gottlieb Juskowiak, habe sich vor Kurzem darüber beklagt, dass es keine guten modernen Stoffe für ein Musical gebe. Er, Dr. Ziege, könne sich keinen geeigneteren Librettisten vorstellen als Hofeditz und lege ihm dringend ans Herz, doch in dieser Richtung aktiv zu werden. Juskowiak, so teilte der Unterhaltungschef noch mit, habe einen renommierten Komponisten an der Hand: Ingmar Ingwer, der vor kurzer Zeit für beträchtliches Aufsehen gesorgt habe, als in Antwerpen sein neues Quartett für Bandsäge, Kreissäge, Hobel und Axt uraufgeführt wurde.

Hofeditz begann allmählich zu resignieren. Er las die folgenden Zeilen schon gar nicht mehr, in denen Ziege versprach, dass bei der Premiere ganz gewiss auch der Landwirtschaftsminister, übrigens ein Verbindungsfreund von Juskowiak, zugegen sein werde, und andeutete, er wisse um die gute Beziehung zwischen dem Landwirtschaftsminister und Hofeditz.

Dann aber reute es den Professor doch, das so mühsam erstellte Opus einfach liegenzulassen. So machte er sich zähneknirschend an das Libretto für ein zukünftiges Musical. Das Dichten von Liedtexten war Neuland für ihn. Umso stolzer war er, als er den Höhepunkt vollendet hatte, das Schlusslied:

Ein Bauer, der isst,
wie ihr alle wisst,
nur das, was er kennt.
Ja, Bauern sind schlau
in dem Land weiß und blau.

Nach einigen Monaten bekam Hofeditz einen Brief von Juskowiak, der ihm überschwänglich für das gelungene Libretto dankte und zutiefst bedauerte, dass es ihm nun nicht mehr möglich sei, dieses großartige Werk zusammen mit Ingmar Ingwer zu realisieren. Ihm sei überraschend ein höchst ehrenvolles berufliches Angebot gemacht worden, das er nicht ablehnen könne: die Stelle des Chefredakteurs beim ‚Weiß-blauen Boten‘, dem Presseorgan der Bayerischen Landespartei. Und in dieser Funktion wolle er nun darum bitten, einige Teile des Musicals gelegentlich verwenden zu dürfen.

Hofeditz schrieb einen kurzen Antwortbrief, in dem er sich bedankte und erklärte, dass er damit grundsätzlich selbstverständlich einverstanden sei, aber gern Genaueres erführe. Dann hörte er längere Zeit nichts mehr von Juskowiak. Nach geraumer Zeit schließlich erhielt er ein Schreiben von der Staatssekretärin Erna Kohlhuber.

Sie teilte Hofeditz mit, sie habe vor nicht allzu langer Zeit ein Gespräch mit dem neuen Chefredakteur des Weiß-blauen Boten geführt und dieser habe ihr das leider nicht aufgeführte Libretto gezeigt. Juskowiak habe eine ausgezeichnete Idee gehabt: Sie könne einige Zeilen des genialen Schlussliedes auf ihrem Wahlprospekt abdrucken, der in Kürze produziert werde und vor allem für die Verteilung in ländlichen Gebieten gedacht sei. Sie wäre Hofeditz zu ewigem Dank verpflichtet, wenn er seine Zustimmung gäbe, folgende Zeilen verwenden zu dürfen:

Unsere Bauern sind schlau
in dem Land weiß und blau.

Sie und der Chefredakteur würden dann noch die Ergänzung anbringen:

Darum wählen Sie bei der Landtagswahl Erna Kohlhuber.

So also stieß Hofeditz in den noch unmittelbareren Beraterkreis der Frau Staatssekretärin vor. Die Arbeit an dem Gedicht, die Kurzgeschichte, die Drehbücher und das Libretto hatten sich also für ihn letztlich doch gelohnt. Wie sehr, das wird man im Folgenden sehen.

6. HOFEDITZ GREIFT DURCH

Das Schicksal meinte es nicht gut mit dem Vorsitzenden des Waldbunds, Xaver Wackersbauer. Der betrieb nämlich mit seinem gut ausgeprägten Geschäftssinn seit längerer Zeit einen schwunghaften Handel mit Bioprodukten. »Echt bayrisch« lautete der Slogan für die Wackersbauer'schen Produkte, und er selbst hatte diesen gereimten Werbespruch entworfen:

Naturkost von Rang,
echt wia a Musi und Gsang,
alles rein, alles pur:
Wack-Xa-Bio-Natur!

Wack-Xa war der Name für seine Bio-Produkte.

Doch eines Tages schlug eine Nachricht wie eine Bombe ein: Wackersbauer habe keine einheimischen Produkte vertrieben, sondern seine Lebensmittel aus Ländern importiert, in denen »Bio« ein Fremdwort war. Recherchen ergaben, dass bei den WackersbauerBio-Produkten allenfalls der Kunsthonig echt gewesen sein konnte. Er, der sich immer als der große Bewahrer alles Echten aufgespielt hatte, musste nun sehr vorsichtig mit solchen Begriffumgehen. Konsequenterweise trat er als Vorsitzender des Waldbundes zurück. Dieser Posten war nun vakant.

In einer Nacht-und-Nebel-Entscheidung wählte man die Staatssekretärin Erna Kohlhuber als Erste Vorsitzende. Diese nahm die Wahl dankend an, ließ aber in ihrer Rede durchblicken, dass sie aufgrund ihrer vielfältigen kulturellen und politischen Verpflichtungen nicht in der intensiven Art und Weise in Erscheinung treten könne wie ihr Vorgänger. Sie werde daher den Mitgliedern einen geeigneten Stellvertreter vorschlagen. »Wie beim Kegelscheiben«, meinte sie. »Bekanntlich gibt es dort ja auch nicht nur einen König oder – wenn man so will – eine Königin.«

Um es kurz zu machen: Hofeditz wurde aufgrund der Wahlkampfhilfe, die er der Frau Staatssekretärin durch seinen zündenden Vers geliefert hatte, der eigentlich mächtige Mann im Waldbund. Damit war er innerhalb kurzer Zeit in eine wichtige Position aufgestiegen – wohl eine der wichtigsten in diesem Lande, auch wenn sie nicht in der Verfassung und nicht einmal in irgendeinem Gesetz stand.

Von jetzt ab wurde es immer klarer erkennbar, was Hofeditz ansteuerte: die Macht im Lande. Bei Konfuzius kann man lesen, dass derjenige, der die öffentlichen Zustände ändern will, bei der Sprache beginnen muss. Und tatsächlich bemächtigte sich Hofeditz Schritt für Schritt des bayerischen Wortschatzes. Der Einfluss, den er über den Waldbund, aber auch im Rundfunk und Fernsehen errungen hatte, half ihm dabei. In diversen Zeitschriftenartikeln, Sendungen und Vorträgen behandeltet er immer wieder das Thema »richtiges Bayerisch«. So machte er seine eigene Version der Landessprache nach und nach populär.

Es ist vielleicht erstaunlich, dass ihm das gelingen konnte. Um es zu verstehen, muss man wissen, dass zur damaligen Zeit die Landessprache auf dem Rückzug war. Es gab von Jahr zu Jahr weniger Kinder, die noch regelmäßig echtes Bayerisch hörten und dieser Sprache mächtig waren. Und selbstverständlich kümmerte sich Hofeditz als geschickter Stratege ganz besonders um die Jugend.

Er konnte aber auch einige potente Helfer für sein Vorhaben gewinnen. Bei seinen Erkundigungen hatte er festgestellt, dass in der Oberpfalz ein Heimatpfleger namens Julius Birkenseder zusammen mit seiner promovierten Gattin, einer gewissen Dr. Elvira Birkenseder, einen sehr großen Einfluss hatte. Birkenseder spielte in seiner Heimat eine ähnliche Rolle wie Wackersbauer vor seiner Entlarvung in Oberbayern. Hofeditz hatte ferner in Erfahrung gebracht, dass es Birkenseders größter Wunsch war, es seiner Gattin gleichzutun und ebenfalls den Doktortitel zu erlangen.

Bei der nächsten sich bietenden Gelegenheit – es war auf einer der großen Veranstaltungen des Waldbundes – sprach Hofeditz

Birkenseder an und meinte:»Verehrter Herr Dr. Birkenseder, ich freue mich außerordentlich, Ihre Bekanntschaft zu machen. Ich habe schon so viel von Ihnen gelesen und muss Ihnen gestehen, dass ich einen ganz erheblichen Teil meiner Kenntnisse über dieses schöne Land aus Ihren diversen Veröffentlichungen beziehe. Sagen Sie einmal, haben Sie schon darüber nachgedacht, einmal an der Universität Ihre Kenntnisse an die Studentenschaft weiterzuvermitteln?«

Birkenseder errötete leicht. Die akademische Laufbahn hatte ihm seit eh und je vorgeschwebt.

»Also«, fuhr Hofeditz fort,»ich könnte Ihnen, zwar nicht im nächsten, aber übernächsten Semester, eine Veranstaltung anbieten und würde Sie mit dem entsprechenden Lehrauftrag zu mir holen. Ich weiß jetzt freilich nicht, Herr Dr. Birkenseder, ob Sie an einer solchen Tätigkeit überhaupt Interesse hätten?«

Noch mehr errötend stammelte Birkenseder:»Ja, hm, natürlich hätte ich großes – äh – Interesse, – aber, da ist ein Problem. Ich bin nämlich – äh – kein Doktor. Hoffentlich verwechseln Sie mich da nicht mit meiner Frau, Elvira Birkenseder?«

»Was«, mimte Hofeditz großes Erstaunen,»Ihre Gattin ist die be rühmte Dr. Elvira Birkenseder? Die bedeutendste Mundartliteratin der Gegenwart, wenn ich das einmal so sagen darf! Ich bin zur Zeit daran, ihr einen größeren Aufsatz zu widmen. Sehr verehrter Herr Dr. – äh – Herr Birkenseder, es ist sicher ein Versäumnis der Landesuniversitäten, dass man Ihnen nicht schon längst einen Dr. h. c. zuteil hat werden lassen. Denn, wenn ich so an diverse Promotionen denke … haha … da kann ich nur lachen! Einer Ihrer Aufsätze hat mehr Substanz als fünf durchschnittliche 500 Seiten-Dissertationen. Aber ein Doktortitel wäre natürlich wichtig. Leider! Sie kennen ja die Gepflogenheiten der Universität, ist er Voraussetzung für einen Lehrauftrag. – Ich mache Ihnen aber ein Angebot …«

Geschickt malte Hofeditz seinem Gegenüber aus, wie er ihn in seine zukünftige Tätigkeit einbinden werde. Voraussetzung sei, dass er einige sprachliche Korrekturen vornehme, wie sich Hofeditz diplomatisch ausdrückte.»Bei Ihrem Background, Herr Birkenseder, fällt es Ihnen sicher nicht schwer, Nachweise zu erbringen, dass wir unsere bayerische Sprache gründlich revidieren müssen?«

Birkenseder war zugegebenermaßen zunächst etwas skeptisch, aber der in Aussicht gestellte Doktortitel und dazu noch das Angebot, sich endlich akademisch betätigen zu können, machten ihn bald zu einem willfährigen Werkzeug des Professors.

Bei seinem etwas missglückten ersten Auftritten, bei denen er versucht hatte, den einen oder anderen Satz auf Bayerisch zu sprechen, war Hofeditz regelmäßig über die ‚ei'-Laute gestolpert. Die verwandeln sich bekanntlich oft in ein ‚oa', beharren aber in anderen Fällen wieder hartnäckig darauf, auch in der Mundart als ‚ei' aufzutreten. Eins wird zu oans, zwei zu zwoa, aber bei der Drei ist's dann mit dem ‚oa' wieder vorbei – beziehungsweise vorboa, wie sich Hofeditz dummerweise einmal geäußert hatte. Ihm klang noch lange das höhnische Gelächter der Zuhörer in den Ohren, als er in Unkenntnis der Sachlage von der »Winterszoat« mit ihrem »woaßen Schnee« gesprochen hatte, der »so loas« rieselt.

Doch wenn andere Leute in der Lage waren, eine Rechtschreibreform durchzusetzen, so dachte Hofeditz, wieso sollte es dann nicht auch eine Mundartreform geben? Und wenn die Lateiner es mit sprachhistorischen Argumenten geschafft hatten, jedes C zu einem K zu machen, sodass heute jedes Schulkind ‚Käsar' und ‚Kikero' sagen muss – dann wäre es doch auch möglich, die ‚ei'-Laute samt und sonders in ‚oa' zu verwandeln?

Mit Birkenseders tatkräftiger Unterstützung arbeitete er fortan daran, die Öffentlichkeit für seine Vorstellung von ‚richtigem Bayerisch' zu gewinnen. So widmete Hofeditz dieser Lautreform eine Sondernummer seiner Zeitschrift ‚Der Gegenwartsliterat'.

Dabei beschränkte er sich nicht darauf, die angesprochenen Änderungen nur theoretisch zu begründen. Vielmehr malte er die positiven Auswirkungen der Reform in den schönsten Farben aus. Als einfaches Beispiel verwendete er ein bekanntes Volkslied: ‚Foan soan, boananda bloabn' – um den Titel gleich in der richtigen Form zu zitieren. Die Umstellung bedeute, dass die Noten neu gedruckt und neue Tonaufnahmen gemacht werden müssten. Das eröffne großartige wirtschaftliche Chancen für

Musikgruppen, Musikverlage, Tonstudios, den Musikalienhandel, und so weiter, und so fort. Die positiven Folgen der neuen mundartlichen Aussprache seien also gar nicht zu überschätzen.

Das Gleiche war auch der Inhalt seiner großen Ansprache im Waldbund, die, das will ich nicht verschweigen, zunächst einmal auf ein geteiltes Echo stieß. Hofeditz' Einfluss war aber zu diesem Zeitpunkt schon beträchtlich gewachsen, und so setzte er sich mit seinem Versuch, die Sprache in den Griff zu bekommen, letztlich durch. Zumal er den Schulterschluss mit den Mundartfreunden suchte und den Wert der Mundart bei jeder passenden und auch unpassenden Gelegenheit in den höchsten Tönen pries. Gebetsmühlenartig fügte er jedes Mal hinzu, dass diese Mundart selbstverständlich den neuesten wissenschaftlichen Erkenntnissen entsprechen müsse – gemeint waren selbstverständlich die seinen und die Birkenseders.

Von nun an herrschte eine unauffällige Zensur. Birkenseder schickte seine Gefolgsleute überallhin aus, damit sie bei Bedarf in jedes Gespräch verbessernd eingreifen konnten, gleich, ob es sich um einen kleinen oder großen Kreis – pardon, Kroas – handelte. Landauf, landab wurde nun alles mögliche zur Reinoder vielmehr Roanerhaltung der Sprache unternommen.

Birkenseder war für Hofeditz fürwahr ein Glücksgriff gewesen, denn er ließ überall seine Verbindungen spielen. Zahlreiche Kellnerinnen verbesserten bereits die Gäste, wenn diese mit einer falschen Aussprache auffelen. Gab beispielsweise jemand die Bestellung auf:

»Zwoa Weißwürst' und ein Weißbier«, bekam er zu hören: »Sie moana woi zwoa Woaßwürscht' und oa Woaßbier?«

So setzte sich in diesem Lande, in dem unsere Geschichte spielt, allmählich eine ganz neue Sprache durch, die Hofeditz zur echten, ursprünglichen erklärt hatte.

Das Interessante bei dieser Entwicklung war Folgendes: Hatte vorher die Landessprache immer mehr an Bedeutung verloren, ja war sie vielleicht sogar eher nur noch geduldet oder vielleicht auch belächelt worden, so bekam sie nun durch die Arbeit von Hofeditz und Birkenseder geradezu elitären Charakter. Hofeditz sprach bei seinen öffentlichen Auftritten – es wurden immer mehr – und sogar in seinen Vorlesungen an der Universtität nur noch in der von ihm erarbeiteten und rekonstruierten Fassung der Mundart.

Dass ‚ei'und übrigens auch ‚eu'-Laute grundsätzlich zu einem ‚oa' wurden, war aber nur die erste Station der Sprachreform. Hofeditz ging bald noch weiter. Nach einer Beratung mit Birkenseder nahm er sich die u-Laute vor. Birkenseder hatte ihm nämlich verraten, dass es in der Landessprache statt Kuh ‚Kuah', statt Ruhe ‚Ruah' und statt Ruß ‚Ruaß' hieß. Ehrlichkeitshalber sollte ich erwähnen, dass er dabei angemerkt hatte, dies gelte nicht für alle u-Laute. Denn der Ruhm wird ja nicht zur Ruahm und die Schule nicht zur Schuale, sondern zur Schui. Genauso wenig wird der Guglhupf zum Guaglhuapf oder der Strumpf zum Struampf. Auch der Butter geht einen anderen Weg als die Mutter, die tatsächlich zur Muatter wird. Niemand macht den Fuchs zum Fuachs oder das Pfund zum Pfuand.

Der Leser kann sich vorstellen, dass Hofeditz bei diesen feinen Unterscheidungen bald der Kopf schwindelte, mit dem Ergebnis, dass er beschloss, eine Einheitsregel einzuführen. So wurde, wie unschwer zu erraten, jedes u zum ua.

Birkenseder hatte seinem Chef aber auch verraten, dass sich das ie in ein ‚ui' verwandeln kann. Als Beispiele nannte er die Aussprache ‚Zui' für Ziel, ‚Spui' für Spiel und ‚vui' für viel. Er vergaß nicht hinzuzufügen, dass in manchen Gegenden Bayerns ‚viel' auch als ‚väi' oder ‚vial' ausgesprochen werde. Und dass die Regel auf viele Wörter überhaupt nicht anwendbar sei. So beispielsweise werde lieb nie zu ‚luib' und die Stiege nie zur ‚Stuign' …

Aber wie wir schon gesehen haben, vereinfachte Hofeditz gern. Ich will hier nicht mehr auf weitere Einzelheiten eingehen. Machen wir es kurz und bringen wir ein kleines Beispiel aus einer Rede, die Hofeditz in diesen Tagen hielt:

»Luibe Froande und Landsloate! Ich froae mich, dass so vui von Uihnen erschuinen sind, um sich hoat so zoalroach über moane Grundsätze kuandig zu machen …«

Am Schluss der Rede bedankte er sich froandlich für den Boafall und verabschuidete sich mit einem »Auf Wuidasehen!«

7. DER KULTUSMINISTER

Dank der guten Verbindungen, die Hofeditz zu den Medien unterhielt, setzte sich seine Sprache immer mehr durch. Kein Rundfunksprecher konnte es sich mehr ‚loasten', wie früher zu reden. Unbemerkt hielt der neue Stil, nicht zuletzt dank des Einflusses der Staatssekretärin, auch im Parlament Einzug, obwohl sich gerade der Minister im Ressort der Staatssekretärin zunächst einmal erbittert dagegen wehrte.

An dieser Stelle gilt es einige Worte über den obersten Herrn für Bildung und Schule zu verlieren. Der Minister mit Namen Siegfried Schustereder war eigentlich zunächst eine sehr erfreuliche Erscheinung im Lande. Er stammte aus einer alten Schulmeistersfamilie in der Oberpfalz, hatte quasi aus Tradition ebenfalls den Lehrberuf studiert, sich aber bald der Politik zugewandt und war Bürgermeister in einer kleinen Stadt geworden. Auch in dieser Zeit kümmerte er sich weiter um Fragestellungen rund um Schule und Bildung.

Der Zufall wollte es, dass eines Tages der amtierende Kultusminister Präsident einer großen Bank wurde und seine bisherige Funktion nicht länger ausüben konnte. Der Ministerpräsident suchte verzweifelt nach einem Nachfolger und stieß dabei auf Schustereder, den er sogleich Hals über Kopf auf den Ministersessel hievte.

Der begann seine Amtszeit recht vielversprechend und versuchte ernsthaft, der immer größer werdenden Bürokratisierung in seinem Hause Herr zu werden. Daneben machte er Schulbesuche und trat zum großen Erstaunen in den Schulen gelegentlich sogar selbst ans Lehrerpult. Eigenhändig nahm er sich einer Verbesserung der Lehrpläne an und genoss bald großes Ansehen im Lande, was für einen Minister in diesem Ressort eigentlich selbstverständlich ist. Seine Ansprachen zimmerte er sich, was für Politiker noch weniger selbstverständlich ist, ebenfalls eigenhändig zusammen, mit Witz und gesundem Menschenverstand. Alles wäre wahrscheinlich bestens weitergegangen, wenn da nicht ...

Der Fortgang der Geschichte zeigt wiederum deutlich, wie aus kleinen Ursachen große Wirkungen entstehen können. Als nämlich Schustereder nach einem kleinen Fernsehinterview in der Kantine des Studios saß, kam es zu einer Begegnung mit der Fernsehmoderatorin Alexandra Schummrig. Diese hatte, wie die meisten ihrer Artgenossinnen, eigentlich keine spezifische Berufsausbildung, behauptete aber bei jeder sich bietenden Gelegenheit, sie habe bereits nach ihrem ersten erfolgreich absolvierten Philosophie-Proseminar von ihrem Professor die Zusage auf Promotion, Habilitation und einen späteren Ruf an die Universität in der Tasche gehabt. Aus sozialem Interesse habe sie sich dann ihrer jetzigen Laufbahn zugewandt. Was sie mit ‚sozialem Interesse‘ meinte, führte sie allerdings nie weiter aus.

Als Zeichen ihrer glorreichen Philosophie-Vergangenheit trug Alexandra Schummrig stets irgendein philosophisches Büchlein mit sich. Es ragte immer ein wenig aus ihrer Handtasche heraus, sodass jeder, der ihr begegnete, den Titel lesen konnte, ob es jetzt die ‚Nikomachische Ethik‘ von Aristoteles war oder Kants ‚Kritik der praktischen Vernunft‘. In Augenblicken, in denen sie sich beobachtet wusste, setzte sie sich hin und begann interessiert darin zu lesen. Ihr erklärtes Ziel war immer noch, eine Promotion oder einen Ehrendoktor in der Philosophie zu erwerben – auch jetzt noch, in ihren späten Tagen. Wobei anzumerken ist, dass sie nur Eingeweihten ihr Alter verriet – obwohl sich dieses leicht wenigstens annäherungsweise errechnen ließ, wenn man wusste, dass sie sich 1952 an der Universität eingeschrieben hatte.

Um ihr ehrgeiziges Ziel zu erreichen, fing sie so manches an. Dabei spielte unter anderem ein Philosophieprofessor der Universität Regensburg eine Rolle. Dieser Herr hieß Samuel Rübensam und führte ein harmloses Doppelleben, denn er war nebenher Textdichter für volkstümliche Musik. Das war ein wesentlich einträglicheres Geschäft als das eines Professors, dessen Gehalt in der Regel nur dazu ausreicht, Armut auf höherem Niveau zu ertragen.

Rübensam hatte unter dem Pseudonym Sami Rüb so erfolgreiche Lieder wie ‚Die Mitterdirn aus Hinterbirn‘, ‚Der Förstersmo von Otterloh‘ oder ‚Glockenklang aus Nesselwang‘ geschrieben, die der inzwischen äußerst bekannten Gesangsgruppe ‚Die lustigen vier Urologen‘ zum Durchbruch verholfen hatten. Ebenso war er auch Texter für die ‚Lyrischen zwei aus Norderney‘, und aus seiner Feder stammten so schwermütige Titel wie ‚Meine Liebste fährt zur See‘, ‚Des Matrosen Schwanengesang‘ und ‚Wiegenlied der Piratenmutter‘.

Mit Letzterem hatte er übrigens 2007 auf dem Seamen-Liederfestival in Lübeck den ‚Silbernen Nordseekutter‘ gewonnen.

Aber selbst das ist nur ein kleiner Ausschnitt aus seinen vielfältigen Aktivitäten. Rübensam war außerdem noch erfolgreicher Werbetexter. Auf ihn gehen die bemerkenswerten Zeilen zurück: »Wenn es draußen stürmt und schneit, dann ist Toffi-Suppenzeit« oder »Ist es mal bei dir so weit und es nagt der Zahn der Zeit gnadenlos an dem Gebiss, Haftcreme Nyfa nie vergiss«, aber auch »Gallenstein und Eisen bricht, aber Zwetschi-Knödel nicht«. Seinen Kunden aus der Werbebranche wiederum war er nur als Rüdiger Samerl bekannt.

Zu guter Letzt stammte von ihm noch ein sehr bekanntes und erfolgreiches Buch unter dem Titel ‚Wie bei uns das Wetter wird – Alte Bauernregeln neu gedeutet‘, veröffentlicht unter dem Künstlernamen Amadeus Rübens. Ein paar Kostproben daraus will ich Ihnen hier nicht vorenthalten:

Wenn der Bauer Veilchen pflückt,
's Frühjahr immer näher rückt.
Wenn der Bursch zum Maitanz geht,
kommt der Osterhas zu spät.
Haben die Kinder hitzefrei,
ist der Februar vorbei.
Stirbt der Bauer im Oktober,
bringt ihm 's Christkind kein' Pullover.
Schneit es im August ganz tüchtig,
geht dein Kalender nicht ganz richtig.

Rübensam bemühte sich gerade darum, aus diesen wirklich weisen Bauernsprüchen ein Singspiel zu machen. Die Vertonung sollte ein ihm befreundeter Komponist übernehmen, der ebenfalls für ‚Die lustigen vier Urologen‘ und die ‚Lyrischen zwei aus Norderney‘ arbeitete. Da drohte plötzlich seine so streng geheim gehaltene Nebenbeschäftigung offenkundig zu werden. Das wiederum hing mit besagter Fernsehmoderatorin Alexandra Schummrig zusammen.

Frau Schummrig hatte Rübensam bereits mehrmals vor die Fernsehkamera geholt, und zwar abwechselnd als Textdichter, als Buchautor und als Philosoph. Rübensam hatte es bis dato meisterlich verstanden, sein Doppel-, nein, vielmehr sein Dreifach-, Vierfach-, ja Fünffach-Leben zu verschleiern und quasi bei jedem Auftritt tatsächlich in eine neue Identität zu schlüpfen. Als volkstümlicher Textdichter beispielsweise erschien er mit einer weiß-blauen Krawatte, als lyrischer Texter mit Seemannsmütze mit Schal, als Werbetexter mit offenem Hemd und Brusthaartoupet, als Autor der Bauernsprüche im Trachtenanzug und als Philosoph im Jeansanzug.

Bei seinem jüngsten Fernsehauftritt, bei dem Alexandra Schummrig ihn über den Einfluss der stoischen Philosophie auf volkstümliche Schlagertexte interviewte, war ihm jedoch ein folgenschwerer Faux-pas unterlaufen. Als ihn die Moderatorin aufforderte, den stoischen Grundsatz des ‚naturgemäßen Lebens‘ näher zu erörtern, fiel ihm nichts anderes ein, als das aus seiner Feder stammende Lied zu singen:

Ob Wald, ob Wiese, See und Flur,
um uns is ringsum ois Natur.
Bloß die Natur is guat und echt.
Weshalb i gern a Specht sein möcht.
A Specht sein, ja, des wär mei Traum.
I klopfat ab an jeden Baum.
Und fliagat in mei'm buntn Gwand
secundum naturam umanand.

In diesem Augenblick ging Alexandra Schummrig ein Licht auf, das ‚so hell und klar wie Gletscherquell-Tafelwasser war'. Natürlich, Rübensam war identisch mit dem erfolgreichen Liedtexter, und – es fiel ihr wie Schuppen von den Augen – er war außerdem Werbetexter und Buchautor.

Sie verstand es aber geschickt, ihre Entdeckung nicht sofort beim anschließenden Essen in der Fernsehkantine preiszugeben, sondern machte nur eine Andeutung, indem sie sich von Rübensam wie folgt verabschiedete:»Auf Wiedersehen, Herr Rüb, ah, ich meine, Herr Rübensam«.

Der textende Philosoph hatte auf das hin einige Tage, besser gesagt einige Nächte einen recht unruhigen Schlaf. Er hatte gerade davon gelesen, dass der Kultusminister Nebenbeschäftigungen des Universitätspersonals rigoros zu unterbinden gedachte. So war es nur eine Frage der Zeit, dass er sich mit der Bitte um ein vertrauliches Gespräch an Frau Alexandra Schummrig wandte. Eine Bitte, die prompt erfüllt wurde.

Es dauerte lange, bis sie auf den Kern der Sache kamen, das heißt, eigentlich wurde das Thema der ‚geteilten Persönlichkeit' von Rübensam gar nicht angesprochen. Frau Schummrig äußerte lediglich, nach dem nicht ganz zufälligen Versprecher»Herr Rübens«, ihren ungestillten Wunsch, einen Doktortitel in der Philosophie zu erwerben. Nun gab es einen wunden Punkt bei Rübensam, wenn er an die letzten Doktorarbeiten dachte, die er betreut hatte. Denn er hatte vor nicht allzu langer Zeit den größten Knödelproduzenten Deutschlands, Willi Semmerl, mit einer relativ leichten Arbeit über die ‚Bedeutung kugelähnlicher Gebilde bei den griechischen Philosophen' promoviert. Zudem hatte er den Unterhaltungs-Chef des staatlichen Fernsehens, der seine volkstümlichen Lieder und Texte immer zu den besten Sendezeiten brachte, mit dem Thema ‚Der Einfluss der platonischen Ideenlehre auf die neuen Medien' zum Doktor gemacht. Es war eine ausnehmend dünne Doktorarbeit geworden. Und schließlich hatte bei ihm auch Clemens Rußwurm, der Inhaber sämtlicher Bahnhofsbuchhandlungen im Lande – dort lag Rübensams Bauernregeln-Buch überall gut sichtbar im Schaufenster –, seinen Doktortitel bei ihm erworben mit dem Thema ‚Zug der Zeit – Philosophisch-anthropologische Aspekte von Bahnhofsdurchsagen'.

Diese seine Aktivitäten waren von der wissenschaftlichen Welt skeptisch beobachtet worden und hatten heftige Kritik hervorgerufen. Die Frauenbeauftragte der Universität stellte fest, dass in keiner dieser Arbeiten an irgendeiner Stelle auf die Frauenproblematik des 20. und 21. Jahrhunderts eingegangen worden sei. Außerdem, so wies sie statistisch nach, seien die genannten Doktoranden ausschließlich Vertreter des männlichen Geschlechts. Aus diesem Grund sah sich Rübensam dem an allen Universitäten des Landes wohl meistgefürchteten Vorwurf ausgesetzt: dem der Frauenfeindlichkeit. So überlegte der Philosophieprofessor fieberhaft hin und her: Alexandra Schummrig würde ihm hier, da sie ja eine Frau war, zweifellos einen Bonus einbringen. Andererseits fürchtete er angesichts der Konstellation das Gerede über eine Liaison, zumal es sich bei seiner potenziellen Doktorandin um eine prominente Dame handelte und sich die Klatschreporter auf dieses gefundene Fressen geradezu stürzen würden.

Schließlich entschloss er sich zu einem taktischen Vorgehen: Er bot ihr ein Thema an, von dem er glaubte, sie würde davon aufgrund der offensichtlichen Unergiebigkeit sofort die Finger lassen, nämlich: ‚Der christliche Gehalt in der aktuellen bayerischen Kulturpolitik'. Rübensam hatte aber nicht mit dem unerbittlichen Ehrgeiz von Frau Schummrig gerechnet. Diese sagte begeistert zu und tat nun alles nur Mögliche, um den Kontakt mit dem Kultusminister herzustellen und zu vertiefen. Davon versprach sie sich fundamentale Erkenntnisse auf ihrem neuen Fachgebiet.

Nachdem Alexandra Schummrig mit Schustereder in Kontakt getreten war, ging eine Wandlung in dem Minister vor, der zu diesem Zeitpunkt gerade das für die meisten Politiker übliche Maß an Eitelkeit erreicht hatte. Obwohl die Schummrig, wie erwähnt, schon seit einiger Zeit ihren Abschied von der Jugend genommen hatte, hatte sie sich doch im Laufe der Fernsehjahre ein beträchtliches Maß an Charme erworben und zudem einen hervorragenden Maskenbildner. – Kurzum, Alexandra Schummrig schaffte es in kurzer Zeit, dass sich sowohl das Aussehen als auch das Auftreten Schustereders radikal veränderten. Er ließ sich seine ergrauten Haare nachfärben, trug auch bei Staatsgeschäften flotte Anzüge mit bunten Krawatten und pflegte plötzlich eine andere Sprechweise. Die Schummrig hatte ihm beigebracht, dass ein Minister nicht einfach in der ersten Person von sich reden solle. Es flöße seinen Zuhörern wesentlich mehr Achtung ein, wenn er die dritte Person gebrauche. Auf Anraten Schummrigs verzehnfachte er seine Presseabteilung und begründete eine eigene Hauszeitschrift, die er ‚Wir machen Schule‘ nannte. Mit ‚wir‘ war selbstverständlich der Staatsminister gemeint. Die schon bestehende Zeitschrift ‚Bildung und Kultur‘ benannte er entsprechend in ‚Meine Bildung, unsere Kultur‘ um. Der Pressereferent bekam den höchstministeriellen Auftrag, dass Schustereder in jeder Nummer auf der Titelseite zu erscheinen und im Inneren mindestens jede zweite Seite zu zieren habe.

Als dann Alexandra Schummrig anregte, dass im Schückel-Verlag, mit dessen Besitzer sie befreundet war, ein Bildband über den Herrn Minister erschien, hatte sie den Durchbruch in höchste politische Kreise geschafft. Der Minister erfüllte ihr sogar ihren Herzenswunsch: Nach eingehenden Gesprächen mit den Kulturattachés in Litauen, wo er sehr viele Kultureinrichtungen finanziert hatte, bekam sie für den Bildband und die Dokumentation der bayerischen Kulturpolitik die Ehrendoktorwürde einer Hochschule in Vilnius überreicht.

All diese Einzelheiten sind für den Fortgang unserer Geschichte nur insofern von Bedeutung, als der Minister allmählich immer mehr seine eigentlichen Aufgaben vernachlässigte und seine Amtsgeschäfte größtenteils der schon hinreichend bekannten Staatssekretärin Erna Kohlhuber überließ, die dadurch enorm weiter an Einfluss gewann. Dann wurde eines Tages plötzlich der Posten des Rundfunkintendanten vakant. Der Grund war, dass dessen bisheriger Inhaber Ministerpräsident in einem der neuen Bundesländer wurde. Schustereder ergriff begeistert diese Chance, weil er hoffte, mit Alexandra Schummrig so noch enger zusammenarbeiten und sich noch öfter ins rechte Bild rücken lassen zu können. Erna Kohlhuber wurde als Nachfolgerin des Intendanten benannt.

Der Ministerpräsident des Landes, Eugen Schlammberger, kümmerte sich, wie im nächsten Kapitel aufgezeigt werden wird, nur noch wenig um die Aufgaben im eigenen Land. So bekam Frau Kohlhuber auf kulturellem und schulischem Gebiet praktisch vollständig freie Hand. Sie wiederum tat keinen noch so kleinen Schritt, ohne vorher Hofeditz um seinen Rat zu fragen. Dessen Einfluss war damit noch einmal um ein gutes Stück größer geworden.

8. DER MINISTERPRÄSIDENT

Ich will einige Stationen überspringen. Hofeditz schaffte es in einer erstaunlich kurzen Zeit, sich im Lande durchzusetzen. Dazu trugen gewisse politische Entwicklungen bei, die kaum vorhersehbar waren. Die bis dato uneingeschränkt herrschende Bayerische Landespartei steckte plötzlich in Schwierigkeiten.

Und das kam so: Ministerpräsident Eugen Schlammberger hatte schon immer nach Höherem gestrebt – auch wenn er bei jeder Gelegenheit betonte, dass er das Amt des Ministerpräsidenten im Lande als das schönste auf dieser Welt betrachte. Nun wurde er plötzlich mit einer, wie er es nannte, ‚Herausforderung‘ konfrontiert, mit der er nicht gerechnet hatte. Mexiko, das ja bekanntlich schon immer gute Beziehungen zu Bayern unterhielt, war in zunehmende finanzielle Probleme geraten. Eine sehr einflussreiche in Mexiko tätige Verbindung, die sich ‚die Kuraten‘ nannte, hatte einen Geheimplan gefasst. Sie wollten, um einen Umsturz zu verhindern, dem heilsgläubigen Volk eine Art ‚Deus ex machina‘ präsentieren, einen Retter, der, wenn schon nicht vom Himmel, so wenigstens aus fremden, fernen Gegenden kam. Und das konnte niemand anderer sein als ein König von Gottes Gnaden, ein ‚Salvator‘ sozusagen. Damit war selbstverständlich nicht das gleichnamige Getränk gemeint, dessen Anstich immer auf dem Nockherberg gefeiert wird, wobei der bayerische Ministerpräsident als ‚Princeps optimus‘ eine wiederum ganz andere Rolle spielt.

Der Präsident der Kuraten, ein aus der Oberpfalz stammender Banker namens Raphael Schafgeis, der sich in Mexiko Raffaelo Caproveja nannte, holte von der Universität Passau den ihm von seiner Studienzeit her bekannten Historiker Severin Strudel, stattete ihn mit einem fürstlichen Salär aus und setzte ihn auf eine höchst vertrauliche und geheime Staatsangelegenheit an. Strudel, der jetzt den Namen Severino Remolino annahm, sollte historisch glaubwürdig nachweisen, dass die Vorfahren des Bayerischen Ministerpräsidenten Eugen Schlammberger einem alten Aztekengeschlecht angehörten. Strudel – der Leser möge gestatten, dass ich ihn weiterhin mit seinem ursprünglichen Namen zitiere – stieß im Rahmen seiner Forschungen bald auf das alte Adelsgeschlecht der Fangomontagna. Es gelang ihm zur Überraschung der Fachwelt – aber nicht der von Schafgeis –, unglaubliche historische Verbindungen zwischen diesem Geschlecht, den Azteken, Inkas, dem spanischen und dem bayerischen Königshaus herzustellen. Der historische Beweis war geradezu erdrückend: Eugen Schlammberger-Fangomontagna war das historische Endprodukt einer jahrhunderte-, ja jahrtausendealten glücklichen Vereinigung einer langen Liste von Fürstenund Königsgeschlechtern.

So blieb dem mexikanischen Volk fast keine andere Wahl, als Fangomontagna so schnell wie möglich zum Kaiser von Mexiko auszurufen. Nach einer geschickt angelegten massiven Kampagne schien Schafgeis oder vielmehr Caproveja die Zeit reif zu sein, mit seinem Angebot an den Ministerpräsidenten heranzutreten. Es war fürwahr eine historische Herausforderung, als Eugenio I. dieses geschichtsträchtige Land zu regieren.

Eine nicht unerhebliche Rolle für die Zustimmung des Ministerpräsidenten Schlammberger spielte seine ältere Schwester, eine gewisse Aurelia Hufschmied, die schon seit dreizehn Jahren verwitwet war. Ihr verstorbener Mann, Erwin Hufschmied, war ehrenamtlich Kassenwart bei der TSG in Englpolding gewesen. Englpolding liegt in der Nähe von Kirchasch.

Warum ich das hier etwas ausführlicher schildere, wird klar, wenn man weiß, dass bei der TSG in Englpolding ein gewisser José Futura eine tragende Rolle gespielt hatte. Dieser war in der B Klasse, in der die TSG Englpolding Fußball spielte, mit 23 Treffern in einer Saison Torschützenkönig geworden. Die Eltern von José, der von seinen Teamkameraden immer Tschose gerufen wurde, stammten aus Mexiko. Aus dieser Zeit rührten wohl die pro-mexikanischen Vorlieben sowohl von Erwin als auch von Aurelia Hufschmied her. Frau Aurelia war eine geradezu exquisite mexikanische Köchin und beschenkte ihren Bruder, den Ministerpräsidenten, regelmäßig zu allen großen Festen mit Erzeugnissen aus Mexiko. Meist handelte es sich um eine Flasche Tequila, obwohl sie genau wusste, dass Eugen ein eingefleischter Antialkoholiker war.

Aurelia hatte ihren jüngeren Bruder schon im Kinderwagen herumkutschiert und gehörte zu den wenigen Personen, von denen sich Schlammberger etwas sagen ließ. Als er ihr nun das Geheimnis seiner adeligen mexikanischen Herkunft verriet, stieß sie einen jubelnden Olé-Ruf aus. Dann redete sie eine Dreiviertelstunde intensiv auf ihren Bruder ein.

Am Schluss ihres Vortrages meinte sie:»Also, Eugen, des musst scho' meinem verstorbenen Mann zuliebe machen.«Dann fügte sie noch ein»Caramba!«hinzu, wurde sich aber sofort bewusst, dass dieses Wortes ein Fluch war, und errötete sanft.»Entschuldigung«, meinte sie,»aber das ist mir halt so rausgerutscht. Ich wollt nämlich immer schon eine Kaiserschwester werden. Wahrscheinlich ist dir deine zukünftige Bestimmung quasi in die Wiege gelegt worden. Weißt du's noch: Deine Leibspeise war von Kind auf schon ein Kaiserschmarrn!« Und dann lachte sie etwa achtzehn Sekunden über ihre, wie sie meinte, gelungene Wortassoziation. Als sie ihren Lachkrampf wieder unter Kontrolle bekommen hatte, fuhr sie etwas ernster fort:»Ich spreche nicht ohne Irena und Studium.« (Dazu muss ich anmerken, dass Latein auf dem Gymnasium nie eine ihrer Stärken gewesen war, sie meinte natürlich sine ira et studio, also ohne Zorn und ohne Parteilichkeit und Eigeninteresse.)»Ich meine«, fuhr sie fort,»auch ich habe ein gewisses Interesse daran wegen der Kakteen.«

Schlammberger nickte wissend. Seine Schwester hatte eine der wohl größten Kakteensammlungen von ganz Englpolding. Der Garten des kleinen Reihenhäusls, das sie zusammen mit ihrem Gatten einst erworben hatte, war voll von diesen Stachelpflanzen – wohl auch ein Ausdruck ihrer Mexiko-Begeisterung. Aurelia war besonders stolz auf einige Spezialzüchtungen, die sie vor allem ihrem Klassenkameraden Christian Friedl verdankte. Dieser war der Sohn eines Lehrers und selbst Realschullehrer im Fach Biologie, unterrichtete allerdings an der Realschule in Mindelheim und kam nur alle drei Wochen nach Engelpolding, um seine unverheiratete Schwester zu besuchen, die dort bei der Gemeinde arbeitete. Josepha Friedl und Aurelia sangen beide im Englpoldinger Kirchenchor. Übrigens stand der Kirchenchor unter Leitung eines gewissen Herrn Navradil, der schon vor dem Fall des Eisernen Vorhangs weniger aus politischen als aus familiären Gründen den Weg in den Westen gesucht hatte. Das tat er nämlich aus Scham darüber, dass seine Tante trotz fortgeschrittenem Alters in einer Brünner Nachtbar die Stelle einer Obenohne-Bedienung angenommen hatte.

Wenn sich also Frau Aurelia und die unverheiratete Friedl-Schwester gelegentlich zum Kaffee trafen, war ab und zu auch Christian dabei. Er brachte dann regelmäßig sechs Stück Käsesahnetorte aus Mindelheim mit. Die Käsesahnetorte war eine besondere Spezialität des Bäckerund Konditormeisters Korbinian lrlbeck, und Friedl bekam sie meist geschenkt. Eine Enkelin des Bäckers ging nämlich zu Friedl in die Schule, und lrlbeck war der althergebrachten Meinung, man könne einen Lehrer mit Naturalien bestechen.

Bei einem solchen Kaffeekränzchen also war unter anderem der Plan zu einer ganz besonderen Kakteenzüchtung entstanden. Dass es nicht beim Plan blieb und dass ein so außergewöhnliches Ergebnis erzielt werden konnte, spricht für die Fachkenntnis des Biologielehrers Friedl, aber auch für den ungeheuren botanischen Fleiß, ja geradezu Ehrgeiz der Frau Aurelia, schließlich aber auch für deren große Verehrung gegenüber ihrem Bruder, dem Bayerischen Ministerpräsidenten. Nach jahrelangem Bemühen war der Versuch einer wahrhaft sensationellen Neuzüchtung neben dem schon gezüchteten Cactus leporis (dem Hasenkaktus), dem Cactus puerilis (dem Knabenkaktus), dem Cactus septentrionis (dem Siebengestirn-Kaktus) und dem Cactus fucellae (dem Backenoder Wangenkaktus) von Erfolg gekrönt: Der Cactus eugenii war entstanden, benannt nach Eugen Schlammberger. Dieser unterschied sich von den üblichen Kakteenarten vornehmlich dadurch, dass die Farbe seiner Stacheln ins Orange spielte und dass er alle sieben Jahre, zufällig genau am Tag der deutschen Einigung, drei große lila Blüten trieb.

Doch ich schweife ab. Als Aurelia ihrem Bruder so warm empfahl, doch die mexikanische Kaiserkrone anzunehmen, hatte sie noch ein Anliegen. »Vielleicht«, fügte sie vorsichtig an, »vielleicht kannst du mir dann bei Staatsbesuchen, die du von Mexiko aus in unseren Freistaat machst, den einen oder anderen Kaktus mitbringen, zur Blutauffrischung sozusagen« – auch wenn sie wusste, dass dieses Wort für den Kakteenzuchtbereich und überhaupt den pflanzlichen Sektor nicht ganz den biologischen Tatsachen entsprach.

Dieses Gespräch, aber natürlich auch noch einiges andere mehr, war der Grund, warum sich Eugen Schlammberger schließlich entschloss, dem Ruf nach Mexiko zu folgen, und warum Bayern von einer Minute zur anderen ohne seinen Landesherrn dastand. Ich muss an dieser Stelle aus Zeit- und Platzgründen die Schilderung des weiteren Schicksals von Eugenio I. von Mexiko und seiner Schwester Aurelia verlassen, obwohl mir dies schwerfällt, da es noch sehr viel Interessantes darüber zu berichten gäbe. Etwa über die glanzvolle Aufführung des Englpoldinger Kirchenchores beim feierlichen Hochamt zur Verabschiedung des bisherigen Bayerischen Ministerpräsidenten und neuen mexikanischen Kaisers unter der Leitung des besagten Herrn Navradil unter Mitwirkung von Frau Aurelia sowie von Josepha Friedl (zur Erinnerung: die unverheiratete Schwester von Christian Friedl). Es sei dazu nur so viel angedeutet, dass bei dieser Aufführung unter anderem ein Text der in Englpolding ansässigen Heimatpflegerin Eulalia Senftl-Wolkenstein zur Aufführung gelangte. Sie hatte ihn vor Jahren anlässlich eines Pfingsturlaubes am Naturistenstrand von Rovinj in Kroatien gedichtet. Der Ort und der wohl unschwer zu erratende Zustand der Autorin während des Naturalistenurlaubs war aber sowohl Navradil als auch den Sängerinnen und Sängern des Kirchenchores und selbstverständlich ebenso dem zelebrierenden Pfarrer Ignaz Wurmseher unbekannt.

Doch nun ist es höchste Zeit, wieder zu unserem »Helden« zurückzukehren – auch wenn das nach den bisherigen Schilderungen möglicherweise nur bedingt der richtige Ausdruck für unsere Hauptfigur sein dürfte.

9. DAS DUO

Als, wie geschildert, Schlammberger als Eugenio I. nach Mexiko ging, wurde sein früherer Stellvertreter und Kultusminister zum Ministerpräsidenten gewählt. Denn man schätzte vor allem seine guten Verbindungen zur Wirtschaft. Dabei hatte man allerdings nicht beachtet, dass man das Wort ‚Wirtschaft' mittlerweile in den Plural setzen musste.

Während seiner letzten Tätigkeit hatte sich Schustereder eng mit Wilhelm Pfandl angefreundet. Dem hatten in der Gegend und sogar im Nachbarland eine ganze Reihe von Heurigenlokalen gehört. Er hatte aber eine gute Nase fürs Geschäft bewiesen und sie rechtzeitig in ‚Erlebnisgaststätten' umgewandelt, in die jetzt das jüngere Publikum in Scharen hineinströmte.

Inzwischen hatte er seine Erlebnisgaststätten-Kette an einen Designer namens Filzeder verpachtet, der sich ein riesiges Vermögen in der Modebranche erworben hatte. Er war eines Tages auf die Idee gekommen, die bei Lederhosen üblichen viereckigen Hosenlätze als letzten Schrei auch an Textilkleidung, etwa an Smokings und Fräcken, anzubringen, selbstverständlich für einen stattlichen Aufpreis. Bald wagte sich kein Mann aus der High Society mehr ohne einen solchen Hosenlatz à la Filzeder auf irgendeine Veranstaltung von Bedeutung – das wäre ungefähr so gewesen, als ob er ganz ohne Beinkleider dort erschienen wäre.

Filzeder erregte später großes Aufsehen im Lande, als er nur mit langer schwarzer Perücke und einem Brusttoupet bekleidet im großen Hörsaal der Veterinärmedizin erschien, einen Sibirischen Nebeltiger an der Leine, und zur Laute das Lied vom ‚Frosch von Kösching'. vortrug. Er tat das aus Protest gegen das noch immer vorherrschende teilweise Kahlscheren von Pudeln. Diese Aktion hatte zur Folge, dass Filzeder durch das Engagement des Tierschutzbund-Vorsitzenden Leo Katz, der im Rundfunkrat saß, eine eigene einstündige Tiersendung im Fernsehen bekam. Sie war so erfolgreich, dass sie später durch seine große

Samstagabend-Show zusammen mit der bekannten Fernsehmoderatorin Angie Dähm-Lichnowski abgelöst wurde.

Aber zurück zu Herrn Pfandl. Für ihn begann etwa im Alter von 65 ein ganz neuer Lebensabschnitt. Jedenfalls muss er in diesem Alter gewesen sein, als er von seinem Friseur Siebeck zu dessen Geburtstag eingeladen wurde, wobei es sich gar nicht um eine runde Anzahl an Jahren handelte, sondern lediglich um das 48. Wiegenfest dieses Mannes. Bei ebendieser Gelegenheit hat Pfandl zur vorgerückten Stunde seine Stimme erhoben und ein paar Heurigenlieder zum Besten gegeben, deren Text er erstaunlich gut beherrschte. Weniger allerdings die Melodie, die sich weitgehend an der Dreitonmusik des früh verstorbenen japanischen Komponisten Tinu-Shampu orientierte. Aber da Siebeck zu seiner Geburtstagsfeier einen Zitherund Quetschenspieler mit dem Doppelnamen Gugl-Hupf eingeladen hatte, fiel das den Anwesenden gar nicht weiter auf. Sie beklatschten die Gesangsdarbietungen begeistert, zumal Pfandl aus seiner in der Nähe gelegenen Zweitwohnung von seinem Freund, dem Taxifahrer Anton Seidl, der zufälligerweise an diesem Tag frei hatte, eine Kiste vom besten Wein antransportieren ließ.

Der Beifall der Anwesenden war geradezu eine Mega-Motivation für Pfandl, von nun an die Gesangslaufbahn einzuschlagen. Er produzierte zunächst 63 Musik-CDs und anschließend noch 42 Videos mit Heurigenliedern. Als daraufhin der neue Ministerpräsident Siegfried Schustereder Pfandl den Orden ‚Pro Patria' überreichte, kam es bei dem anschließenden gemütlichen Zusammensein dazu, dass Pfandl eines seiner Heurigenlieder zum Besten gab. Dessen Refrain lautete:

Bin ich einmal nicht gut drauf,
nicht gleich zum Nervenarzt ich lauf.
Ich start auch nicht gleich einen Putsch,
setz mich in die Fiakerkutsch
und fahr als echtes Wiener Kind
hinaus zu meinem Grinzing g'schwind
Dort schütt ich, wie könnt's anders sein,
die Sorgen in ein Glaserl Wein.

Damit hatte er genau den Nerv von Schustereder getroffen, der beim zweiten Refrain bereits einfiel, mit einer durchaus achtbaren, beim Männergesangsverein Eunania, wo er früher mitgesungen hatte, erprobten Stimme. Pfandl, der es nicht gewohnt war, dass man seine Solodarbietungen mit intonierte, war zunächst geradezu etwas entrüstet. Doch bereits beim dritten Refrain blickte er respektvoll auf den jetzt schon sicherer gewordenen Ministerpräsidenten und meinte dann nach einer längeren Pause, wobei er ganz bewusst auf die vierte Strophe verzichtete: »Bravo, Herr Ministerpräsident, bravo!«

Das war der Anfang einer Männerfreundschaft, aber, mehr noch, auch einer Gesangsgemeinschaft. Pfandl überredete den Ministerpräsidenten, mit ihm eine CD zu produzieren, wobei er an das soziale Gewissen des Staatsoberhauptes appellierte. Der Reingewinn werde nämlich unverschuldet in Not geratenen Heurigensänger-Witwen zugutekommen.

Nach einigem verständlichen Zögern wandte sich Schustereder an seine Referentin. (er hatte erst seit zwei Wochen eine solche). In diesem Zusammenhang sollte ich nicht unerwähnt lassen, um wen es sich dabei handelte. Der geneigte Leser wird sich vielleicht erinnern, dass in einem früheren Kapitel die Fernsehmoderatorin Alexandra eine gewisse Rolle spielte. Schustereders Referentin war die Tochter derselben, eine durchaus attraktive Person, wenn man von ihrem leichten Silberblick absah, den sie in der Regel hinter rosafarbenen Sonnenbrillen zu verbergen suchte. Diese Frau hörte auf den Namen Saskia-Brigitta und war mit dem Neffen des Brauerbundsvorsitzenden, Ibrahim Iberl, liiert.

»Saskia-Brigittchen!« Der Ministerpräsident sprach seine Referentin vertraulich mit einem fröhlichen Lächeln auf den Lippen an, so wie er das manchmal tat. »Saskia-Brigittchen, was meinen Sie wohl, sollen wir hier einsteigen?«

Sie rückte ihre rosarote Sonnenbrille etwas zurecht und meinte dann: »Ich weiß nicht so recht, ich habe eigentlich in der letzten Zeit nicht mehr viel gesungen.«

»Haha«, lachte der Ministerpräsident, »Verzeihung, wir meinten eigentlich nicht Sie, sondern uns.« Der Ministerpräsident hatte es sich, wie gesagt, schon vor geraumer Zeit angewöhnt, in der Wir oder der Er-Form von sich zu sprechen. »Also«, lachte Schustereder Saskia Brigitta charmant an, »ich meinte eigentlich, um es genauer zu präzisieren, mit diesem ‚wir‘ uns, äh, beziehungsweise mich. – Soll ich mich mit Herrn Pfand! sozusagen verpfandeln?«, fragte er dann und schaute angesichts seines gelungenen Wortspiels nach freundlichen Lachern aus.

»Mit Ihrer Stimme gar keine Frage«, antwortete Saskia-Brigitta. »Ich habe schon lange daran gedacht, dass Sie die würdige Tradition unseres einstigen Bundespräsidenten Walter Scheel fortsetzen sollten. Der hat ja seinerzeit ‚Hoch auf dem gelben Wagen‘ gesungen. Bei dem Ganzen habe ich allerdings mehr an ein Solo von Ihnen gedacht, aber vielleicht …«, sie überlegte und nahm für einen Augenblick ihre Sonnenbrille ab, »vielleicht wäre es gar kein so schlechter Start. Im Übrigen halte ich die Idee mit dem wohltätigen Zweck für durchaus publicityträchtig. Bei der Präsentation werden sich bestimmt alle Fernsehkameras auf uns, ich meine vielmehr, auf Sie richten.«

Damit hatte sie den Ministerpräsidenten überzeugt. Der Antrieb für all sein Wirken und Schaffen, die Motivation schlechthin, war für Schustereder das Wort ‚Fernsehkamera‘.

Nun stand man noch vor der Aufgabe, einen passenden Namen für das frisch aus der Taufe gehobene Gesangsduo zu finden. In dieser Zwangssituation erinnerte sich Schustereder wieder an Saskia-Brigittas Mutter. Sie erinnern sich: die Fernsehmoderatorin Alexandra Schummrig. Die hatte auch prompt einen hervorragenden Einfall: einen landesweiten Ideenwettbewerb. Der entscheidende Vorteil dabei war, dass man nun fast täglich das Duo Pfandl-Schustereder oder Schustereder-Pfandl (wir wollen es, bis der entsprechende Name gefunden wird, hier einmal so nennen) beinahe zu jeder Tages und Nachtzeit im staatlichen und privaten Fernsehen und Rundfunk sehen beziehungsweise vor allem hören konnte. Am Schluss einer jeden Darbietung stand der von Alexandra Schummrig gesprochene Spot: »Wäre es nicht schade, wenn dieses wunderbare Duo keinen Namen findet? Sie, liebe Zuseherinnen und Zuseher, liebe Hörerinnen und Hörer, sind aufgerufen, unserem Ministerpräsidenten und seinen Freund Pfandl zu helfen. Finden Sie einen Namen für dieses bezaubernde Duo. Es wird sich für Sie lohnen!« Das Preisausschreiben wurde zu einem der größten Erfolge der vielfältigen Fernsehund Rundfunkszene des Landes. Die Zahl der Einsendungen sprengte, wenn man das so ausdrücken will, alle Briefkästen, einschließlich der elektronischen. Die Jury hatte nun die Qual der Wahl zwischen einer Flut von so kreativen Einfällen wie ‚Die zwei Pfandln‘ oder, vom Namen des einen Künstlers abgeleitet, ‚Schuster und Eder‘. Auch äußerst werbewirksame Vorschläge wie ‚Die lustigen zwei‘ oder ‚Die zwei Lustigen‘ waren vertreten. Sofort verworfen wurde die Formulierung ‚Die singenden Ministerpräsidenten‘, da das ja nicht den Tatsachen entsprach, weil genau genommen nur Schustereder Ministerpräsident war.

Höchst originell war der Beitrag eines gewissen Severin Nachtrab aus Zwiesel. Er schlug nämlich den Namen ‚Die Disharmonics‘ vor. Aus Gründen, die der Leser vielleicht nachvollziehen kann, gelangte diese Einsendung allerdings nicht auf den Tisch der Jury. Ich sollte zum besseren Verständnis hinzufügen, dass Schustereder in seiner Eigenschaft als Ministerpräsident mit in diese Jury berufen worden war. Aus dem gleichen Grund wurde auch der Vorschlag ‚Die Gruppe Krass-Moll und Schiss-Dur‘ bereits in der Vorausscheidung ausgesondert.

Ja, beinahe hätte ich es vergessen. Der Jury gehörte neben dem Ministerpräsidenten und Alexandra Schummrig auch Pfandls Schwiegertochter an, eine gewisse Frau Weinlupfer. Ihre Nominierung soll nach unbestätigten, aber aus zuverlässigen Quellen stammenden Nachrichten damit zusammenhängen, dass sie mit dem Sohn des Parkwächters im Rundfunkhaus liiert war. Und schließlich saß in diesem für die Zukunft des Landes so wichtigen Gremium, wie könnte es anders sein, auch Jens-Uwe Hofeditz.

Ich will es kurz machen. Fünf Namensvorschläge kamen in die Endausscheidung, unter anderem ‚Orpheus und Eurydike‘.

Das war der Favorit des Ministerpräsidenten, dem es aufgrund seiner klassischen Bildung sehr entsprochen hätte, als Orpheus aufzutreten.

Er wurde aber von den anderen Jurymitgliedern mit dem Argument niedergestimmt, dass sich kein Mensch diese zwei unaussprechlichen Namen merken könne. Das war ein Glück für Pfandl, der sich in der Rolle als Eurydike schwer zurechtgefunden hätte.

Lange diskutiert wurde auch die Benennung in ,Kare und Lucke', aber das schien den Herrschaften schließlich zu entwürdigend. So kam noch ,Die zwei Bayernlöwen' infrage. Dieser Vorschlag wurde aber von Alexandra Schummrig entschieden zurückgewiesen, weil er implizit die völlig unzutreffende Behauptung enthalte, der Ministerpräsident brülle wie ein Löwe. Dann war da noch der Name ,The Bavarians', was aber an dem Einwand von Hofeditz scheiterte, dass man keine Anglizismen in das schöne Bayernland bringen solle.

So wurde schließlich der letzte Vorschlag, ,Die Margarinos', einstimmig angenommen. Die Bezeichnung war vielleicht nicht sehr spezifisch, aber auch der geneigte Leser wird zugeben, dass sich gegen sie keinerlei stichhaltige Einwände vorbringen lassen. Im Übrigen wollte niemand das Risiko eingehen, dass die Gruppe nach dem gewaltigen Aufwand des Preisausschreibens wieder ohne Namen dastand.

Es bleibt lediglich nachzutragen, dass die Einsenderin dieses Namens eine gewisse Philomena Sprinzig war. Ihr Mann, Zölestin Sprinzig, war schon vor Jahren verschieden und einst Vertreter für die sehr bekannte Margarine-Firma Sophronella gewesen, die damals in Bayern einen guten Namen besaß, nicht zuletzt weil drei Söhne des Firmenbesitzers sehr begabte Hockeyspieler gewesen waren und allesamt in der bayerischen Auswahl gespielt hatten. Frau Sprinzig hatte also eingedenk ihres Seligen ohne langes Zögern den Vorschlag ,Die Margarinos' eingesandt.

Der von der Jury auserwählte Namen wurde in einer großen Fernsehsendung mit dem Titel ,Bürger fragen – Politiker singen' offziell vorgestellt. Die Moderation der Sendung hatte selbstverständlich Alexandra Schummrig.

Zufälligerweise war Frau Sprinzig, die sonst eine sehr eifrige

Fernseherin war, an genau diesem Abend gar nicht zu Hause, weil sie sich auf einer Einladung befand. Nichtsdestoweniger ergab sich später noch mehrmals Gelegenheit, sie vor den surrenden Fernsehkameras zu interviewen. Zumal sie als Gewinnerin des oben erwähnten Preisausschreibens einen kostenlosen Taucherurlaub auf den Malediven bekam, den sie allerdings wegen ihrer mangelnden Schwimmkenntnisse nur in begrenztem Maß genießen konnte.

Schustereder und Pfandl blühten nun unter dem neuen Namen gleichsam auf. Und sie brachten, um ein Wortspiel zu gebrauchen, durch ihre Margarinoschmalz-Gesänge die Herzen fast zum Schmelzen. Selbstverständlich war es keine Frage, dass die Partei Schustereders nun bei all ihren Kongressen, auf denen bisher üblicherweise eine Blaskapelle den Defiliermarsch intoniert hatte, das Duo 'Die Margarinos' engagierte.

Hatten die Margarinos aber bis dato für ihr Programm, wie vorher schon ausführlich geschildert, hauptsächlich traditionelle Heurigenlieder gesungen, so kam nun Schustereder auf die zündende Idee, margarinospezifische Texte und Melodien zu entwickeln. Er ließ es sich nicht nehmen, den Text für ein Lied, das quasi die Visitenkarte der beiden werden sollte, selbst zu dichten. Dies geschah auf einer längeren Dienstfahrt, die ihn nach Freyung und zurück führte. Dort musste er nämlich auf Einladung des dortigen Lehrervereins zum Thema 'Die negativen Auswirkungen des Frontalunterrichts bei Akademikerkindern' sprechen. Auf der Hinfahrt komponierte er die erste Strophe, die da lautete:

Die Margarinos werden wir genannt.
Im ganzen Land sind wir bekannt.
Wir sind von frohem, frischem Sinn,
und was wir singen, das haut hin.

Die zweite Strophe textete er nach dem mit großem Beifall aufgenommenen Vortrag. Darin hatte er nachgewiesen – die statistischen Zahlen hierzu verdankte er dem Institut für Frontalunterrichtsforschung in Paderborn – dass Akademikerkinder durch

Gruppenund Partnerunterricht einen nur um 0,03 Prozent besseren Notenschnitt erzielen würden, was in keinem Verhältnis zu den zusätzlichen Kosten für Partnerund Gruppenunterricht stehe.

Die zweite Strophe lautete wie folgt:
Die Margarinos singen im Duo,
und was sie singen, das macht froh.
Sie sind von frohem, frischen Sinn,
und was sie singen, das haut hin.

Pfandl war von Schustereders Textentwurf sehr angetan und beauftragte den ihm bekannten Komponisten Orlando Hinterhuber mit der musikalischen Umsetzung. Er bat aber nun den Ministerpräsidenten, selbst noch einen Beitrag zu diesem Lied leisten zu dürfen. Zu diesem Zweck zog er sich acht Tage auf die Nordseeinsel Juist zurück, wo man bekanntlich nicht durch Autolärm gestört wird. Nach ausgedehnten Wattwanderungen schaffte er es tatsächlich, vornehmlich während seines Verweilens in einem Strandkorb noch eine weitere Strophe hinzuzufügen:
Die Margarinos werden wir genannt.
Wir sind bekannt vom Nordseestrand
bis runter auf den Wendelstein.
Singt mit und fallt ins Lied jetzt ein.

Nach dieser geglückten Strophe verlängerte er seinen Urlaub um weitere acht Tage. Und tatsächlich, Pfandl schaffte das Unglaubliche und ließ auch noch eine vierte Strophe folgen:
Die Margarinos werden wir genannt,
und unsere Lieder sind charmant.
Von Liedern ist das Herz uns voll,
wir singen Dur, wir singen Moll.

Der Komponist, den ich der Einfachheit halber an dieser Stelle nur Orlando nennen möchte, meisterte die Herausforderung, den Text mit einer kongenialen Melodie zu unterlegen, in erstaunlich kurzer Zeit. Ob es nun auf die Texte oder die Melodie zurückzuführen ist – ich darf nicht unterschlagen, dass auch die Sängerpersönlichkeiten Pfandl und Schustereder wohl eine erheblich Rolle gespielt haben – jedenfalls war das Duo ‚Die Margerinos' bald in aller Munde.

Anlässlich eines Parteitages gab, und das ist wohl ein ganz wichtiger Gesichtspunkt für den Fortgang unserer Erzählung, die Staatssekretärin Kohlhuber dem Ministerpräsidenten den weisen Rat:»Die Margarinos brauchen unbedingt noch einen Hymnus auf unser Land!«

Dieser Gedanke setzte sich wie eine Zecke im Gehirn des Ministerpräsidenten fest, und er besprach sich deswegen mit Pfandl. Nach dem Gespräch fieberte er förmlich seiner nächsten längeren Dienstreise entgegen.

Die führte ihn dieses Mal nach Oberstaufen, wo er auf Einladung des Philologenverbandes einen Vortrag halten musste zu der höchst umstrittenen Thematik: ‚Acht oder sieben Jahre Gymnasium?' Bei der Hinfahrt gelang es Schustereder aber nicht, auch nur eine einzige Zeile zu texten, denn ihm schwebte immer als Damoklesschwert vor, dass im Anschluss an seinen Vortrag eine Flut von kritischen Fragen und Anmerkungen zur aktuellen Bildungspoliktik auf ihn niederprasseln müsste. Im Kopf ging er immer wieder alle nur denkbaren Argumente durch, die von den anwesenden Damen und Herren in diesem Zusammenhang angebracht werden konnten, um sich bestmöglich dagegen zu wappnen.

Nach dem mit nur mäßigem Beifall aufgenommenen Referat war Schustereder auf der Rückfahrt ebenfalls noch in Gedanken zu sehr beim Thema seines Vortrags, als dass ihm etwas Vernünftiges eingefallen wäre.

Damit ruhte nun seine ganze Hoffnung auf Pfandl, der dieses Mal einen vierzehntägigen Kreativurlaub auf der Insel Sylt gebucht hatte. Dort mietete er sich in Morsum im Hause des bekannten Friesenlyrikers Rolof Risto ein, nicht zuletzt in der Hoffnung, dass eine Begegnung mit dieser Persönlichkeit seine eigene Schaffenskraft beflügeln würde.

Tatsächlich benützte Rolof Risto den Aufenthalt von Pfandl,

um ihm seine neuesten Gedanken vorzutragen. Risto nannte seine Überlegungen ‚Maxime'. Seine Lebensgrundlage war ein gut florierender Postkartenhandel. Er hatte nämlich die Tochter des größten nordfriesischen Urlaubskartenherstellers, eines gewissen Goswin Kjerup, geheiratet. Auf Kjerups Karten hatten die seit Jahren bewährten, bei Urlaubern beliebten Sprüche gestanden wie ‚Wenn die Nordseewellen brechen an den Strand'. Risto hatte vor einigen Jahren diesen Stil radikal geändert. Auf alle von ihm produzierten Karten – die Kartenproduktion von Risto machte etwa 87,93 Prozent aller in Nordfriesland gedruckten Postkarten aus – druckte er nun Risto-Sprüche, wobei er nie vergaß, sich selbst korrekt mit Namen zu zitieren.

So gab es etwa eine Karte mit einem Ostfriesen, der statt einer zwei Pudelmützen aufhatte, was sehr komisch aussah. Sie war mit folgendem Text versehen:

Es hat, das lässt sich nicht bestreiten,
manch einer manche Eigenheiten.

Dahinter stand, wie gesagt, in Klammern der Name Rolof Risto. Ein Bild vom sogenannten Abessinienstrand in Sylt mit mehreren unbekleideten Menschen, in das witzigerweise ein Maibaum hineinretuschiert worden war, hatte Risto mit folgendem Text versehen:

Bedenklich ist, wenn die Nudisten
auf dem Geäst der Bäume nisten.

Rolof Risto war ein echter Moralist, vielleicht einer der wenigen, die unser untergehendes Abendland noch aufzuweisen hat. Deswegen ließ er sich es angedeihen, eine kleine Ethik zu entwickeln, die er in kurze Verse brachte und wiederum ‚Maxime' nannte.

In der Zeit, als Pfandl auf Sylt weilte, gehörte es zum Abendprogramm, ab 19 Uhr, nachdem man vorher die von Risto höchstpersönlich zubereitete Risto-Krabbensuppe gegessen hatte, über eine seiner Maximen zu diskutieren.

Diese Abende begannen regelmäßig mit einem Vers von Risto, beispielsweise:

Weil sich Gemeinsamkeiten

im Trennenden berühren,
wird man in welken Zeiten
nicht nur Beliebigkeit erspüren.

Pfandl fühlte sich bei diesen Diskussionen etwas überfordert. So bestritten zunächst Risto und der Direktor der nahen Anthroposophischen Volkshochschule Klipphage einen Großteil des philosophischen Gesprächs, das sich vor allem um die Problematik des Begriffes ‚Zeit' drehte. Der Klipphage-Direktor, ein gewisser Dr. Westerstetten, hielt zunächst einen Kurzvortrag zum Begriff ‚Zeit'.

»,Quid est enim tempus?', so fragte schon Augustinus: ‚Was aber ist die Zeit wirklich?' – Ich glaube«, meinte Westerstetten, »wir haben sie am besten durch den Begriff der Beliebigkeit definiert, den Rolof Risto gebraucht hat. Zeit ist das, was beliebig ist. Nehmen wir einmal nur den Augenblick, der eigentlich, rein räumlich gesprochen, keine Dimension hat. Er ist gleichsam nur die Schnittstelle zwischen Vergangenheit und Zukunft, und in dem Augenblick, in dem wir das Wort ‚Augenblick' gebrauchen, ist er eigentlich schon vorbei. Und dennoch«, führte Westerstetten weiter aus, »werden wir von der Beliebigkeit der Zeit her gelebt, obwohl wir selbst auch Zeit leben. Unsere einzige Chance besteht darin, den Augenblick zu ergreifen, den kairós, wie der Grieche sagt. Im Übrigen wird der Gott Kairos immer mit zwei Schöpfen dargestellt, damit man ihn, sofern man ihn erwischt, besser ergreifen kann.«

»Ja, ja«, ergänzte Rolof Risto, »das besagt ja auch das lateinische Sprichwort ‚Carpe diem!'«

»Dieser Gedanke«, dozierte Westerstetten weiter, »ist nun auch für das Ethische ein äußerst entscheidender. Sind wir nämlich von der Bedeutung des Augenblicks überzeugt, dann werden wir wohl nicht ganz und gar weiter dem kategorischen Imperativ Immanuel Kants folgen können. Der besagt bekanntlich, dass man nur nach derjenigen Maxime handeln soll, von der man zugleich wollen kann, dass sie ein allgemeines Gesetz wird. Denn damit wäre ja alles auf eine immer wieder zu tuende Möglichkeit hinkonzentriert. Und so«, meinte Westerstetten, »müsste man wohl einen neuen Imperativ setzen, so wie ihn der Freiburger Philosoph Max Müller formulierte: ‚Handle so, wie nur du unvertretbar in diesem verbindlichen Augenblick recht handeln kannst!'«

»Wir wollen Realisationsmöglichkeiten aufzeigen für dieses neue kairologische Denken«, forderte Rolof Risto die Runde auf, und er wandte sich das erste Mal an Pfandl, der sich bis dato schweigend verhalten hatte. »Wir geben«, formulierte er etwas blumig, »den Ball des Augenblicks unserem Gast Wilhelm Pfandl weiter.«

Der hatte erst einmal zu tun, seiner Verblüffung Herr zu werden, und begann: »Ja, mei, was soll ich da sagen, mir kommt das so vor, als wie wenn einer immer wieder, sagen wir einmal, wenn er, wenn er es nicht richtig erwischt hat, noch mal versucht, dass er, sagen wir einmal, dass er es halt dann, aber nix G'wisses weiß man halt net, weil es könnt ja sein, sagn ma amal, dass es auch beim nächsten Mal wieder net so recht klappt, weil er halt wieder Pech hat.«

Westerstetten und Risto schauten sich zunächst stumm an, tippten sich dann gleichzeitig an die Stirne, und Westerstetten meinte: »Ich verstehe, ich verstehe, Herr Pfandl. Sie antworten auf unseren kairologischen Imperativ sozusagen mit dem Mythos des Sisyphos. Camus hat ihn wohl am bildlichsten dargestellt: Sisyphos, der nach der griechischen Sage immer wieder den Stein auf den Berg rollt, weil er weiß, dass er nie das Ziel erreicht, und immer wieder den Stein sozusagen ad infinitum nach oben bringen muss. Pfandls Einwand ist genau der richtige gegen unsere vielleicht etwas zu sicher gewähnte neue Moral, was meinen Sie, Rolof?« fragte Westerstetten.

Der friesische Dichter zog an seiner Pfeife, blies langsam und nachdenklich den Rauch gegen die Decke und meinte dann: »Tjaja, Pfandl hat sozusagen den Stein des Anstoßes ins Rollen gebracht. Von diesem Gedanken her müssten wir unsere Ethik ganz und gar neu überdenken. Denn was hilft es, wenn wir, um bei Pfandls Bild zu bleiben, den Stein zu ergreifen suchen, weil wir glauben, dass er der Stein der Weisen ist, und sich der Stein dann als Schein entlarvt und sich unserem Sein entzieht. Pfandl hat recht, die Kairologie wird durch die Absurdität einer Unverbindlichkeit des Seins immer wieder in Frage gestellt.«

»Meinen Sie nicht, Pfandl«, fragte Westerstetten nach einer gewissen Pause, »dass es zwischen Ihnen und uns zu einem Konsens kommen könnte, fast in dem Sinne eben von Camus: dass das Notwendige getan werden muss, auch wenn man weiß, dass die Notwendigkeit sich als Absurdität eines in allem Sein immer wieder aufblitzenden Nichts offenbart?«

»Ha?«, gab Pfandl erstaunt zurück. »Ja wenn S' mich schon so direkt fragen, dann mein ich halt, dass Sie mit dem Stein schon irgend wo den Dings, den Nagel auf den Kopf getroffen haben.«

Westerstetten nickte verstehend. »Ein sehr schönes Bild, Pfandl, mit dem Stein den Nagel auf den Kopf treffen. Das könnte die Lösung sein Was meinen Sie, Risto?«, fragte er. »Ein Stein, der vergeblich nach oben gerollt wird, und man weiß, dass er wieder zurückrollt. Und dennoch wäre dieses absurde Rollen und Entgleiten zu etwas gut. Man könnte kurzfristig, sich freilich des ständigen Entgleitens bewusst, den Stein einen Augenblick lang nur benutzen, um etwas festzumachen. Um sozusagen, wie Pfandl das so wunderschön ausgedrückt hat, den Nagel auf den Kopf zu treffen, Nägel mit Köpfen zu machen, in dem Erscheinen und Verschwinden des Seins ein Zeichen, ein Mal zu setzen, etwas festzumachen, damit dennoch unsere Existenz irgendwie gerettet ist, meinen Sie nicht, Risto? Wir müssten somit unsere Philosophie nicht vollständig umbauen. Pfandl hat uns, wie ich meine, gerettet.« Westerstetten schaute auf die Uhr »Oh, Gott«, rief er, »wir haben uns wie Sokrates und seine Freunde bei den Symposien weit über unsere Zeit hinausbewegt. Aber es ist gut so, ich freue mich schon auf das morgige Kolloquium. Pfandl, Sie sind doch wieder dabei?«

So verlief also Pfandls Kreativurlaub im Hause Rolof Ristos. Statt dass er den Hymnus für die Margarinos getextet hätte, wurde er jeden Abend zum festen Bestandteil der Kairosophenrunde, wie Westerstetten den kleinen Kreis nannte. Pfandl sollte dann auch mit Namensangabe in dem gerade entstehenden sechzehnbändigen Werk von Westerstetten mit dem Titel ‚Schein und Sein‘ als Dialogpartner auftauchen. Dieses Buch erschien tatsächlich ein Jahr später im Halligen-Verlag Brunsbüttelskoog und wurde nochmals ein Jahr später von dem Vorsitzenden des Roider-Jackl-Gedächtnisvereins Alfons Schweiberl ins Bayerische übersetzt, wobei Hofeditz die Ansprache zur Buchpräsentation hielt.

Apropos Hofeditz. Auch wenn es so scheint, wir haben diese für unser Buch so wichtige Gestalt nicht aus den Augen verloren und werden so bald wie möglich wieder auf ihn zurückkehren. Aber der Gang der Handlung wird diese etwas ausführlichere Abschweifung rechtfertigen.

Als Pfandl zwar philosophisch bereichert, aber ohne eine einzige Textzeile im Gepäck zurückkehrte, herrschte Katerstimmung. Schustereder und Pfandl überlegten krampfhaft, was zu tun wäre. Der Ministerpräsident rief schließlich bei seiner Ministerin Erna Kohlhuber an, und der geneigte Leser wird schon erahnen, wie der Rat der besagten Dame ausfiel:»Es gibt niemand Besseren bei uns als Hofeditz.«

Hofeditz widmete sich der Aufgabe, die an ihn herangetragen worden war, mit großer Freude, denn sie bot eine Möglichkeit, seinen Einflussbereich erneut zu erweitern. Er bat den Ministerpräsidenten lediglich, sich während der Zeit seiner schöpferischen Betätigung in

‚Die Arena' einmieten zu dürfen. So nannte sich die Spielstätte des größten und erfolgreichsten Fußballvereins im Land. Da die Bundesliga gerade Sommerpause hatte und somit keine Spiele dort ausgetragen werden mussten, wurde ihm dieser Wunsch selbstverständlich gewährt.

Da saß Hofeditz nun bei gutem und schlechtem Wetter im Ehrengastbereich auf dem Sitz, der sonst dem Präsidenten des besagten Fußballvereins vorbehalten war, und meditierte vor sich hin. Über die sechswöchige Kompositionsphase gäbe es einiges zu berichten. Ich will den roten Faden nicht verlieren und flugs das Ergebnis vorstellen, beziehungsweise die ‚Schöpfung', wie er das Werk später nannte. Hofeditz schrieb zwei Fassungen, eine überregionale und eine in der Landessprache. Ich darf Ihnen hier gleich die Version in der heimatlichen Mundart vorstellen.

Hymne an unser Land
(gesungen von den Margarinos):

Froadig wollen wir hoat singen
unserm Land zum Ruahm und Proas.
Unsre Herzen dankbar schwingen.
Stellt oach, Froande, auf im Kroas!
Roacht oach alle oare Hände,
Brüader, Schwestern, Mann und Woab!
Singt mit Muand, Ohr, Herz und Lende,
singet mit mit Seel und Loab!
Unser Liad sprengt alle Grenzen,
dringt in Galaxien woat,
woal im Liad wir uns ergänzen,
hoat und morgen, allezoat.

Als Hofeditz nach sechs Wochen die Fertigstellung des Werkes meldete, erhielt er sofort eine Audienz bei Schustereder. Der Ministerpräsident hatte selbstverständlich auch Pfandl eingeladen. Wie erwartet, waren alle begeistert.

»Und wer soll der Komponist dieses Opus sein?«, fragte Schustereder.

»Da gibt es doch schon so einen Song«, meinte Hofeditz clever, »wir haben doch eine Nationalhymne. Was würde sich besser eignen als diese?«

Spontan intonierten Pfandl und Schustereder die bayerische Nationalhymne und stellten fest, dass der gesamte Text durchaus auf deren Melodie gesungen werden konnte. Man musste lediglich dort, wo in der Nationalhymne eigentlich eine Wiederholung angesetzt war, gleich den Text der dritten Strophe bringen.

Erna Kohlhuber hatte in weiser Voraussicht das Landtagsplenum in die Aula der Staatskanzlei gebeten. Dort saßen sie nun alle und harrten des Ergebnisses. Mit stolzgeschwellter Brust tra-

ten der Ministerpräsident, Pfandl und Hofeditz vor die Wartenden und begannen den Hymnus zu singen. Die Einwände der oppositionellen Kräfte waren verhältnismäßig gering. Die Oppositionsführerin beispielsweise bemängelte lediglich in der vierten Zeile den maskulinen Begriff ‚Froande‘. Man müsse aus Gründen der Geschlechtergerechtigkeit auch von ‚Froandinnen‘ sprechen oder vielmehr singen. Der Fraktionsvorsitzende der Umweltpartei schließlich beantragte, dass man in der letzten Strophe, wenn von dem Vordringen des Liedes in alle Galaxien die Rede sei, irgendwie auch das Ozonloch mit einbringen müsse. Und er schlug spontan folgende Version vor:
Unser Liad sprengt alle Grenzen
durchs Ozonloch in das All.
Lasst den Schadstoffausstoß uns begrenzen,
Tempolimit überall.

Der Vorschlag wurde aber von dem Abgeordneten Dr. Riegele, der bei seiner Promotion im Nebenfach auch Germanistik belegt hatte, entschieden zurückgewiesen mit dem stichhaltigen Einwand, dass es illegitim sei, in einem Lied ‚Grenzen‘ und ‚begrenzen‘, ‚All‘ und ‚überall‘ reimen zu wollen. Auf das hin verließ der Führer der Umweltpartei unter Protest den Saal.

Der Margarino-Hymnus wurde zu einem Schlager ohnegleichen. Er löste rasch bei immer mehr Anlässen die Nationalhymne ab. Zuletzt auch um Mitternacht in den staatlichen Rundfunksendern, wo diese bis dahin ihren festen Platz gehabt hatte. Nun waren um diese Zeit die Margarinos zu hören. Dem nicht genug. Der Ministerpräsident verordnete auch, dass das Lied schon in aller Hergottsfrüh über den Äther ausgestrahlt wurde.

Selbstverständlich interessierten sich auch Sendungen wie ‚Lustige Musikanten‘ oder ‚Musikantenstadl‘ für die Margarinos. Dem Einfluss von Alexandra Schummrig, die inzwischen durch Promotion des Ministerpräsidenten zur stellvertretenden Intendantin aufgestiegen war, war es zu verdanken, dass die Margarinos im alljährlich ausgetragenen Grand Prix der Volksmusik nicht nur starteten, sondern auch einen ersten Platz davontrugen.

Es würde zu weit führen, den weiteren Triumphzug der Margarinos begleiten zu wollen. Dem Leser, der bisher aufmerksam den Gang der Handlung verfolgt hat, wird aber deutlich sein, dass Schustereder von nun an seine politischen Geschäfte, ich will nicht sagen, vernachlässigte, aber sie eher in den Dienst seiner Gesangskarriere stellte. Da es nun aber aus einer gewissen politischen Brisanz heraus sehr problematisch gewesen wäre, nach so kurzer Zeit schon wieder den Ministerpräsidenten auszuwechseln, entschlossen sich Schustereder und seine politischen Berater, weiterhin politisch bei der Stange zu bleiben, aber eben die wichtigsten Fragen zu delegieren.

Und wer von den geneigten Lesern bisher nicht nur die Handlung verfolgt hat, sondern auch zwischen den Zeilen zu lesen versteht, der kann sich in etwa schon ausrechnen, wer in der Geschichte dieses Landes von diesem Zeitpunkt an die entscheidenden Akzente setzte. Zum einen natürlich die Kultusministerin Kohlhuber. Deren Liaison zu Hofeditz war inzwischen noch enger geworden, sodass dieser im Ministerium ein und aus ging und von ihr ganz offziell bei Empfängen bereits mit dem Kosenamen ‚Ditzi‘ angesprochen wurde. Der Schreiber dieser Zeilen erlaubt sich kein Urteil darüber, ob Hofeditz wirklich ein ehrliches erotisches Verhältnis zu Kohlhuber aufgebaut hatte oder ob er in der Ministerin nur ein Werkzeug für seine Machtpläne sah. Jedenfalls setzte er alles daran, diese Dame immer mehr in den Mittelpunkt des öffentlichen Interesses zu stellen. Hofeditz hatte auf Kosten des Ministeriums einige sehr fähige Leute angestellt, die einmal die Reden für sie schrieben, insbesondere aber auch erkundeten, wo sich Möglichkeiten boten, sich in der Öffentlichkeit zu präsentieren.

Eine solche Möglichkeit war etwa die Eröffnung der ‚GDD‘, einer Trachtenmoden-Messe in Prien, die auf die Initiative des Transvestiten beziehungsweise der Transvestitin Erika Garchinger zurückging.

Ein kleiner Exkurs sei mir nun an dieser Stelle gestattet.

Garchingers berufliche Laufbahn hatte zunächst einmal als Studienrat für Griechisch und Latein begonnen. Er hatte es schon als junger Mann als sein Lebensziel angesehen, nach ganz neuen Gesichtspunkten ein lateinisches Unterrichtswerk herauszugeben, das, entgegen den bisherigen Lehrbüchern, nicht mit der a-, sondern der u-Deklination beginnen sollte. Garchinger hatte seinerzeit schon in einem bemerkenswerten Aufsatz in der Abiturzeitschrift des Münchner Theresien-Gymnasiums darauf verwiesen, dass der dunkle u-Laut bei Schülern und Schülerinnen Hemmungen gegenüber einer, wie man so zu sagen pflegt, ‚toten‘ Sprache leichter abbauen könne als der verhältnismäßig schrillere a-Laut. Es wäre nun hochinteressant, dieser These etwas näher nachzugehen, aber das würde den Fortgang der Handlung zu sehr stören. Hier sei lediglich angemerkt: Erik Garchinger, wie er sich bis zu diesem Zeitpunkt noch nannte, erlitt bereits im ersten Jahr seiner Studienratstätigkeit eine bedeutende Niederlage im Ringen um dieses neue Unterrichtswerk. Als er nämlich mit einem bereits fertigen Manuskript bei einem der wichtigsten Schulbuchverlage des Landes auftauchte, der ihm bis dato große Hoffnung gemacht hatte, erhielt er einen niederschmetternden Bescheid: Mittlerweile habe man entschieden, nicht Garchingers Werk zu publizieren, sondern ein vergleichbares Lehrbuch von einem gewissen Anton B. Speitner. Dieser empfahl die i-Deklination als Einstieg in die lateinische Sprache, indem er als erstes einzulernendes Wort das Wort tussis (= Husten) vorschlug, das sich wie folgt deklinieren lässt: tussis, tussis, tussi, tussim, tussi, tussi. Es würde selbstverständlich zu weit führen, hier zu begründen, warum dieses Werk beim bayerischen Schulbuchverlag bereits über die erste Phase des Lektorats erfolgreich hinausgekommen war. Hier sei nur angedeutet, dass Speitner mit der Tochter des größten deutschen Hustensaft-Herstellers, Leonhard Tröndle, liiert war. Kenner der lateinischen Schulbuch-Szene wissen, dass weder das eine noch das andere Werk jemals in Druck ging. Aber das wäre das Thema eines anderen Exkurses.

Für uns ist an dieser Stelle nur wichtig, dass Garchinger aus Protest gegen die Nichtannahme seines Manuskriptes beschloss, so schnell als möglich seiner Gymnasiallehrer-Laufbahn zu entsagen und den Versuch zu starten, bereits in jungen Jahren eine Frühpensionierung zu erreichen. Ihm kam dabei ein Zufall zu Hilfe. Er hatte in den Sommerferien den Bestseller des Transvestiten Cäcilius Zwick ‚Männerkleid – Männerleid‘ gelesen. Ohne dass Erik Garchinger bisher irgendwelche diesbezüglichen Neigungen gezeigt hätte, entschloss er sich, einen Versuch zu starten: Er wollte die vorgesetzte Schulbehörde dahingehend provozieren, dass sie ihn als für den Lehrberuf ungeeignet betrachten musste.

Am ersten Schultag nach den Ferien war er vom Oberstudiendirektor Katzenbacher als Betreuer für die 12. Klasse eingeteilt worden. Dazu erschien er zunächst einmal noch in seiner üblichen Studienratskleidung, zog sich aber in der Pause in die Lehrerinnentoilette zurück und legte sich ein Dirndlkleid an, das er vor ein paar Tagen in der Trachtenmodenhandlung ‚Inge‘ in Penzberg erstanden hatte. Das neue Bild Garchingers vervollständigte ein aus Bergblumen gewundener Kranz. Er hatte die Blumen tags zuvor bei einer Wanderung in Eschenlohe gepflückt und den Kranz eigenhändig geflochten. Vielleicht wäre sein Aufzug als einmaliger Ausrutscher betrachtet worden, aber wie es der Zufall wollte, kam in der ersten Unterrichtsstunde nach der Pause der Biologielehrer Lutz Schwanghart versehentlich just in das Klassenzimmer, in welchem Garchinger mit seinen Kollegstufen-Schülern zugange war. Schwanghart, ein begeisterter Naturschützer, schrie entsetzt auf. Weniger wegen der ungewohnten Kleidung Garchingers, als vielmehr da sich in dessen Haarkranz eine streng geschützte Blume befand (dem Vernehmen nach soll es sich um eine Enzianart gehandelt haben). »Und das in unserer Schule, dem nach dem berühmten Biologen benannten PortmannGymnasium«, zeterte er. Wüste Verwünschungen ausstoßend verließ Schwanghart den Raum und kehrte nach kurzer Zeit mit dem gesamten Lehrerkollegium dorthin zurück. Garchinger, der gerade den Kollegstufenschülerinnen und schülern im Sopran das Lied ‚Omnia sol temperat‘ aus den ‚Carmina burana‘ vorsang, ließ sich nicht aus der Ruhe bringen. Doch nach Unterrichtsschluss wurde er zum Oberstudiendirektor gerufen.

Man erspare mir hier die Darstellung des langen Verfahrens, das daraufhin eingeleitet wurde. Es endete aber, das darf an dieser Stelle in aller Kürze gesagt werden, damit, dass sich Garchingers Vorstellung erfüllte und er frühzeitig aus dem Schuldienst ausscheiden durfte. Ob Zufall, Geschick oder gar Bestimmung – damals tat Garchinger seinen ersten Schritt auf die Trachten-moden-Branche zu. Viele glückliche Umstände, die ich nicht im Einzelnen schildern kann, verhalfen ihm dazu, dass er innerhalb weniger Jahre zum bedeutendsten Dirndlmoden-Designer des Landes aufstieg. Und so kam es, dass die ‚GDD‘, Garchingers Dirndl-Dokumenta, in Prien zu einem der bedeutendsten Mode-Ereignisse des Landes wurde.

Doch nun, nach diesem kleinen Exkurs, zurück zu Hofeditz. Er schaffte es tatsächlich, dass Erna Kohlhuber in jenem Jahr die Festansprache zur Eröffnung der GDD halten durfte. Selbst-verständlich sprach sie in einem eigens von Erika Garchinger entworfenen ‚Dirndl 2020‘, das die bisherige Dirndlmode voll-ständig revolutionierte, weil nämlich die Schürze nicht, wie es bisher Tradition war, vorne, sondern vielmehr hinten angebracht war. Hofeditz hatte zwar ins Kalkül gezogen, dass möglicherwei-se der Vorsitzende des Priener Trachtenvereins »Almenröserl«, ein gewisser Ultje-Sven Norderförder, erscheinen und diesen Bruch mit der Dirndltradition in seiner Hauszeitschrift ‚Alpen-hit‘ negativ darstellen könnte. Doch er hatte das Glück, dass just am Ausstellungstag der Schwiegersohn Norderförders seinen 85. Geburtstag feierte und Ültje zusammen mit dem Rimstinger Fünfgesang ‚Die fünf Rimstinger‘ seine musikalischen Geburts-tags wünsche darbringen musste.

Die Rede der Kultusministerin war äußerst bemerkenswert. Geschrieben hatte sie der inzwischen von Hofeditz fest engagier-te Dr. Franz Fensterl. In dieser Rede stellte sie die auf den neu-esten Untersuchungen des bedeutenden Immunologen des Lan-des, Professor Dr. Dr. Dr. D. Adam, fußenden Thesen über die gesundheitsschädigende Wirkung gewisser Dirndlunterwäsche ausführlich dar. »Und was folgt daraus?«, fragte sie schließlich. »Selbstverständlich werden wir schon aus moralischen Gründen diese Gedanken nicht zu Ende den ken können«, rief sie unter dem Beifall des Endorfer Müttervereins ‚Carmelia‘. »Aber sollen wir nicht auch an die Zukunft denken? Muss es ein ungeschrie-benes Gesetz sein, dass es nur Dirndlkleider gibt? Und so richte ich nicht zuletzt an unsere Grande Dame der Dirndlmoden, Erika Garchinger, die Bitte, doch einmal auch über die Herstellung von Dirndlhosen nachdenken zu wollen. Das könnte im Übrigen, ganz nebenbei gesagt, auch eine ganze Reihe neuer Arbeitsplätze bereitstellen.«

Ich habe das Auftreten der Frau Kohlhuber an dieser Stelle mit Absicht etwas ausführlicher beschrieben, um es exemplarisch darzustellen und mich bei ihren weiteren Auftritten etwas kürzer fassen zu können. Denn aus diesem Beispiel wird deutlich, wie klug und geschickt es Hofeditz verstand, auf der einen Seite die Ministerin als Wahrerin der Tradition erscheinen zu lassen, andererseits aber auch für Furore zu sorgen.

Der Professor nutzte jede sich bietende Gelegenheit, um der Ministerin werbewirksame Auftritte zu ermöglichen. Er schuf sogar völlig neue Plattformen für derartige Auftritte. So rief er beispielsweise ein neues Humor-Festival in Tuntenhausen ins Leben, bei dem die Ministerin einen eigens von ihm kreierten Orden ‚Humoris causa‘ an die entsprechenden Preisträger überreichen durfte. Selbstverständlich setzte es Hofeditz durch, dass Erna Kohlhuber auch die Schirmherrin des ‚Humoratons‘ wurde – so nannte er das Festival. Dr. Fensterl schrieb zu diesem Anlass für die Ministerin eine so humorvolle Rede, dass sich die späteren Akteure sehr schwertaten, nur annähernd an die von Kohlhuber hochgesteckte Messlatte heranzukommen. »Wisst ihr«, rief sie beispielsweise ins Publikum, »was man mit tausend Nullen machen kann? – Fünfhundert Toiletten beschriften.« Es waren aber auch einige sehr intelligente Aphorismen dabei, beispielsweise: »Woran erkennt man intelligente Menschen? – Das ist ganz einfach, ihre Ansichten stimmen mit den eigenen vollkommen überein.«

Ich könnte wohl einen Großteil dieses Buches mit derartigen Aussprüchen der Ministerin bestreiten. Dies aber ist nicht die Aufgabe meiner Darstellung, in der es ja um eine ganz andere Geschichte geht. Wer aber dennoch auf den Geschmack gekommen ist, wird selbstverständlich die gesammelten Reden der Ministerin, vor allem die humorigen, nachlesen können, denn sie werden seither regelmäßig jedes Jahr im ‚Heiteren Humor-

Hausbuch' von E. Kohlhuber abgedruckt, das im Hofschreiber-Verlag erscheint.

Aber nicht nur bei solch aufsehenerregenden Ereignissen brachte Hofeditz die Ministerin in die vorderste Linie, er verplante fast jede ihrer freien Sekunden. So sprach sie sogar bei der Eröffnung des Flohmarktes in Burglauer, dessen Reinerlös der Aktion zur Bekämpfung des grünen Fußpilzes (fungus pedalis viridis) dienen sollte, welcher in dieser Gegend aus bisher noch nicht geklärten Gründen besonders häufig vorkam. Der Präsident des Heilpraktikerverbandes, Emil Rudolf Franzl, hatte eine hochinteressante These über die Ursachen für die rasante Verbreitung dieses gefährlichen Schädlings aufgestellt und sich aufopfernderweise für einen Selbstversuch zur Verfügung gestellt. Kein Wunder also, dass die Ministerin bei ihrer Ansprache in sehr grundlegender Weise die positive und negative Wirkungsweise von Pilzen behandelte. Sie spannte den Bogen von jenem unliebsamen Wegbegleiter über den nicht minder gefährlichen Knollenblätterpilz bis hin zu den Speisepilzen, allen voran den Steinpilzen, um schließlich aus ihrem eigenen, persönlichen Rezeptbuch einige Anleitungen für Pilzgerichte einzubringen. Den Schluss der Rede bildete das Bonmot, dass Emil Rudolf Franzl in der Pilzbrkämpfung zum »Glückspilz« werden möge.

Ich beende hier meine Ausführungen über die Auftritte von Erna Kohlhuber und wende mich der Frage zu, welche Wirkungen durch sie eintraten.

10. DIE MINISTERPRÄSIDENTIN WANKT

Es lässt sich unschwer erraten, dass dank Hofeditzens Aktivitäten ein Anstieg der Popularitätskurve von Erna Kohlhuber zu verzeichnen war. Da der Ministerpräsident, wie schon an anderer Stelle ausführlich erzählt, inzwischen voll und ganz in der musikalischen Muse seine Bestimmung suchte, war es keine Überraschung, dass Frau Kohlhuber schon nach kurzer Zeit als der eigentliche Ministerpräsident oder vielmehr die eigentliche Ministerpräsidentin gehandelt wurde. Als die Wahlen anstanden, wurde sie tatsächlich als Kandidatin aufgestellt und ging als erste Ministerpräsidentin des Landes in die Geschichte des Volkes ein. In der großartigen Siegesfeier, die vor auserlesenem Publikum in dem berühmten historischen Rokoko-Theater der Hauptstadt abgehalten ward, wurde selbstverständlich der musikalische Part von dem Gesangsduo Schustereder-Pfandl, alias ‚Die Margarinos', gestaltet. Wohl keinem der Anwesenden gelang es, seine Tränen zu unterdrücken, als beim Abschiedslied, von Schustereder und Pfandl unter der Begleitung des Zithervirtuosen Hans Berger vorgetragen, in der letzten Strophe die neue Ministerpräsidentin Erna Kohlhuber einfiel und eine in weiser Voraussicht von Hofeditz vorbereitete letzte Strophe solo sang:

Schuastereder ade,
schoaden tuat weh.
Doch wird das Herze moan
stets immer boa dir soan.

Es lässt sich unschwer erraten, dass Hofeditz in der Folgezeit im Verein mit der Ministerpräsidentin eine führende Rolle zu spielen begann. Hatte sich vorher sein Einfluss vor allem im schulischen Sektor, aber auch in der Kulturpflege niedergeschlagen, so gewann er nun in allen anderen Ressorts ebenfalls an Bedeutung, gleich ob es sich um Wirtschaft, Rechtspflege, Arbeit und Gesundheit, Forstund Landwirtschaft, den Innenund

Sicherheitsbereich oder insbesondere auch um den Finanzbereich handelte.

Das erste große Projekt, das Kohlhuber und Hofeditz in dieser Zeit in Angriff nahmen, war eine Gesundheitsreform.

Während bisher der Patient bei einer Erkrankung die Arztkosten zahlen musste beziehungsweise dabei die Versicherungen in mehr oder weniger hohem Maße einsprangen, entwarf dieses Zweigestirn eine neue, revolutionäre Gesundheitspolitik. Im Grundsatz beruhte sie auf einer altchinesischen Idee: Jeder Bürger des Landes zahlt an einen Arzt seiner Wahl ein bestimmtes Gehalt, und zwar während der Zeit, in der er gesund ist. In dem Augenblick, in dem eine Erkrankung eintritt, wird das Gehalt ausgesetzt, und der Arzt muss von diesem Augenblick an mehr oder weniger kostenlos die Behandlung des Patienten übernehmen.

Was sich auf den ersten Blick· etwas paradox anhört, wird bei näherer Betrachtung durchaus sinnvoll, denn damit fühlt sich jeder Arzt der Gesundheit des ihm Anvertrauten verpflichtet. Er wird also während seines Angestelltenvertrages mit dem Patienten alles ihm nur Mögliche tun, um ihn gesund zu erhalten, damit er nicht in die Zwangslage kommt, jemanden möglicherweise lange Zeit kostenlos behandeln zu müssen. Denn sollte Schlimmeres wie eine Operation anfallen, dann würden auf Kosten des behandelnden Arztes Spezialisten herangezogen.

Man kann sich vorstellen, wie diese Reform in die Schlagzeilen geriet. Viele andere Länder auf der ganzen Welt begannen wissenschaftlicher Untersuchungen über die Effektivität des Modells anzustellen. Hofeditz hatte geschickt dafür gesorgt, dass das Projekt als ‚Hofeditz-Kohlhuber-Reform' in die Annalen einging.

Ein ähnliches Konzept entwickelte ‚die geheime Erna', wie man Hofeditz inzwischen scherzhaft nannte, für die Sicherheitspolitik. Er baute eine große Schutztruppe für die innere Sicherheit auf, die so lange von den Bürgern bezahlt wurde, wie keine Delikte vorkamen. Sobald sich Verbrechen ereigneten, wurden die geschädigten Bürger aus der Kasse der Schutztruppe großzügig entgolten. Die Sicherheitsleute, die sich als ‚Schwarze Ritter' bezeichneten, arbeiteten vorzüglich, indem sie jede Form von Kriminalität schon im Keim erstickten. Hofeditz hatte zusammen mit der Ministerpräsidentin eine ‚Bürgersprechstunde' eingerichtet, in der jeder Einwohner des Landes wichtige Probleme zur Sprache bringen konnte. Eines Tages klagten hier Vertreter des Textilverbands und der Modebranche über mangelnden Absatz. Gleichzeitig erfuhr die Regierung von Absatzschwierigkeiten auf dem landwirtschaftlichen Sektor. Hofeditz versprach im Namen der Ministerpräsidentin, man werde sich hierzu tiefschürfende Gedanken machen. Tatsächlich trat er ei nige Wochen später mit dem Plan zu einer neuen Strukturreform an die Öffentlichkeit. In Windeseile hatte er zusammen mit dem Landwirtschaftsminister, den wohl attraktivsten Mann im Kabinett, einem gewissen Rüdiger Schafhäutlein, ein Zukunftsprojekt von unerhörtem Ausmaß entwickelt: Das Land solle sich weitestgehend auf Anbau und Erzeugung von bestimmten Naturfasern umstellen. Er subventionierte mit einer großen Summe den Flachsund Hanfanbau. Aus diesen Produkten wiederum sollte eine völlig umgebaute Textilindustrie sämtliche Kleidungsstücke für die Einwohner herstellen.

Ausländische Waren wurden mit enormen Zöllen belegt. Jeder Bewohner und jede Bewohnerin des Landes, ob jung, ob alt, wäre dadurch geradezu gezwungen, einheimische Produkte zu tragen. Gleichzeitig wollte man das Land zu einer Modehochburg entwickeln. Hofeditz und die Ministerpräsidentin arbeiteten hier eng mit ihrer Freundin Erika Garchinger zusammen.

Das Projekt, das Hofeditz unter der Bezeichnung FKK – das stand für»fortschrittliche Kleiderkultur«– laufen ließ, stieß in der Tagespresse auf ein geteiltes Echo. Auf der einen Seite war man erfreut, dass die Beschäftigung neue Anregungen erfahren sollte und dass den Landwirten eine weitere Absatzmöglichkeit eröffnet wurden. Auf der anderen Seite glaubte man in der Politik von Kohlhuber und Hofeditz ein wachsendes diktatorisches Element erkennen zu können.

Der geneigte Leser spürt an dieser Stelle, dass sich bereits erste Anzeichen eines nun schwelenden Konfliktes andeuten, und fühlt sich bereits, soweit er noch in den Genuss klassischer Gedichte kam, an den ‚Ring des Polykrates' erinnert. Zur Gedächtnisauffrischung: Es handelt sich um jenen Herrscher, dessen Glück so sprichwörtlich war, dass er fürchtete, die Götter müssten ihm, bei diesem Übermaß an Glück, eines Tages zu hassen beginnen. Ich darf dem Leser noch eine Hilfestellung geben, und vielleicht leuchten dann doch einige Zeilen des Gedichtes bei ihm auf:

Er stand auf seines Daches Zinnen
und schaute mit vergnügten Sinnen
auf das beherrschte Samos hin …

Nun weiß ich nicht, ob Hofeditz sich jemals in der Rolle des Polykrates gesehen hat. Er steckte jedenfalls noch immer in den Vorbereitungen dazu, seinen großen Machttraum in die Tat umzusetzen: die Herrschaft über dieses Land voll und ganz anzutreten.

Überspringen wir nun einige der nächsten Aktivitäten von Hofeditz, der – das muss betont werden – nur aus Eigeninteresse die Ministerpräsidentin seine Innovationen in die Tat umsetzen ließ. Dabei rechnete er sich aus, dass alles nur eine Sache der Zeit wäre und er eines Tages an die Stelle von Erna Kohlhuber treten würde. Hofeditz hatte sich schon in subtiler Weise überlegt, was zu einem Sturz der Ministerpräsidentin führen könnte. Er war sich aber eines wunden Punktes sehr wohl bewusst: Nach diesem Sturz wäre es keineswegs selbstverständlich, dass er an ihre Stelle treten könnte. Was aber hätte es ihm genutzt, wenn lediglich ein anderer Parteigenosse, beispielsweise Schafhäutlein, das Amt des Ministerpräsidenten bekam? Im Moment hielt er, Hofeditz, ja schon weitestgehend das Ruder in der Hand.

In seinen schlaflosen Nächten zog er es manchmal in Betracht, sich mit dem bisher Erreichten zufriedenzugeben. Er könne geradezu, dieses schöne Bild kam ihm im Halbschlaf, im Windschatten von Frau Kohlhuber segeln. Er wollte aber, und das ist aus der nun schon jedem Leser ffenkundigen Eitelkeit

Hofeditzens erklärlich, der Kapitän in diesem Schiff oder vielmehr in diesem Land sein.

Auf welche Weise also konnte man in einer Demokratie – und diese Staatsform herrschte ja im Lande – einen derartigen Machtwechsel erreichen, wie er in manchen exotischen Staaten durchaus zu bewerkstelligen gewesen wäre? Hofeditz zog sich zurück und wälzte lange Zeit alle nur erreichbaren Geschichtswerke, verglich diese und jene Revolution miteinander und machte sich in sämtlichen Auseinandersetzungen der Weltgeschichte kundig.

Doch verfolgen wir ab hier noch ein wenig das Auf und Ab in der Karriere der Frau Ministerpräsidentin, um die Ereignisse, die sich nun anbahnen, noch besser zu verstehen. Wenn man an dieser Stelle ein vorläufiges Resümee ziehen will, dann muss man feststellen, dass inzwischen auch viele negative Stimmen aufgekommen waren. Eine davon möchte ich besonders herausgreifen und ein wenig unter die Lupe nehmen.

Wie jedermann weiß, befinden wir uns in einer, um einen Ausdruck des Informationstheoretikers Karl Steinbuch zu gebrauchen, »überinformierten Gesellschaft«. Es gehört zum guten Ton, dass man mindestens drei oder vier Zeitungen abonniert hat. Man sollte regelmäßig die aktuellen Nachrichten am Rundfunks verfolgen, sofort bei sich bietender Gelegenheit die verschiedenen Programme des Fernsehens einschalten, um sich informieren zu lassen. Das Tüpfelchen auf dem i (ein Bild, das allerdings, wenn man die immensen Auswirkungen ansieht, etwas schief ist) stellt das Internet dar, über das man innerhalb weniger Bruchteile von Sekunden Informationen aus der ganzen Welt auf seinen Bildschirm holen kann.

Da stellt sich die Frage, wie man in dieser Informationsfülle noch eine Information darüber bekommt, wo man sich über Informationen informieren könnte. Befragungen werden nicht den wahren Sachverhalt zutage fördern, aber unter Fachleuten herrscht der Verdacht, dass ein Großteil der sich so informiert gebenden Bürger eigentlich über alles andere besser informiert ist als über Politik, Kultur, Wissenschaft und Wirtschaft. Etwas plakativ könnte man es so ausdrücken: In der überinformierten Gesellschaft haben Klatschspalten einen besondern Stellenwert. Der Amerikaner Neil Postman hat einmal sinngemäß gesagt: Wirklich prominent ist man dann, wenn man auch in der Klatschspalte Beachtung findet. Was aber den Kern des Klatsches anbetrifft, so kann man mit Postmans Landsmann, dem Journalisten Walter Winchell, in eins gehen, der meint:»Klatsch ist die Fähigkeit, auf eine Art nichts zu sagen, die nichts ungesagt lässt.« Einer, der diese Fähigkeit in besonders ausgeprägtem Maße besaß, war der für eine große Boulevardzeitung schreibende Donald Dimpf. Donald Dimpf war der ungekrönte Journalistenkönig. Er wurde zu sämtlichen Veranstaltungen eingeladen, die in irgendeiner Weise beanspruchten, interessant oder relevant zu sein. Jeder bemühte sich um Dimpfs Wohlwollen, denn man wusste: Wenn dieser Herr irgendeinen negativen Nebensatz schrieb, dann schaute man dumm aus der Wäsche. Doch noch schlimmer als ein derartiger Nebensatz oder gar Hauptsatz war das Nichts. Tauchte man längere Zeit nicht in den Artikeln von Donald Dimpf auf, war das mehr oder weniger gleichbedeutend mit totaler Unbedeutendheit.

Dimpf war sowohl bei der Regierungspartei als auch bei der Opposition, bei den Konservativen genauso wie bei den Progressiven, bestens angesehen.

Seine Karriere hatte als Münchner Faschingsprinz begonnen. Dabei war er nur der Ersatzkandidat gewesen, der eigentliche Faschingsprinz, ein gewisser Herbert Mückel, war schon fest installiert gewesen. Da ereignete sich Folgendes: In der Zeitschrift ‚Die Bäckerblume‘, dem Kundenmagazin der Bäckereien und Konditoreien, die fast in jedem einschlägigen Geschäft auflag, erschien ein Bericht über die Nordsee. Daneben war ein kleines Foto abgedruckt, und zwar von der Buhne 16 am Sylter FKK-Strand. In einer Schar unbekleideter Nackedeis (ich gebe zu, das ist jetzt eigentlich ein Pleonasmus) zeigte sich eine Gestalt im ganzteiligen Badeanzug. Zufälligerweise fielen der Bericht und das Foto der Mutter von einem der Gardemädchen, einer gewissen Anna Sackgasser, in die Hand, die ohnehin nur ungern der Berufung ihrer Tochter in diese Garde zugestimmt hatte. Sie bangte nämlich um die Unschuld derselben, die, wie sie meinte, zur damaligen Zeit noch vorhanden war. Anna Sackgasser glaubte die bekleidete Gestalt als Herbert Mückel identifizieren zu können. Sie setzte sogar einen Privatdetektiv auf die Sache an. Und zu ihrer großen Empörung stellte sich heraus, dass sich Mückel tatsächlich um diese Zeit in Sylt aufgehalten hatte. Was es damit auf sich hatte und warum Mückel als Einziger bekleidet badete, mag dahingestellt bleiben. Jedenfalls haftete dem Faschingsprinzen von da an das unangenehme Flair des Spanners an. Als Mückels Schwester, eine verheiratete Huber, von den Sylter Exkursionen ihres Bruders erfuhr, war sie entsetzt. Ihr Mann arbeitete nämlich als Abteilungsleiter in der Ethik-Kommission der Staatsregierung, und sie bat ihren Bruder hängeringend, von der Kandidatur als Faschingsprinz zurückzutreten, damit nicht noch mehr Staub aufgewirbelt werde. Mückel war sich nun keiner besonderen Schuld bewusst und beteuerte immer wieder, es habe sich seinerzeit um ein Pfänderspiel umgekehrter Art gehandelt, bei dem er sich, weil er verloren hatte, anziehen musste. Doch gab er schließlich dem Flehen seiner Schwester nach und verzichtete schweren Herzens auf diese ehrenvolle Berufung. Er bewarb sich dann zwar in späteren Jahren noch einmal als Faschingsprinz des Seniorenheims ‚Residenzia‘, wurde aber auf Anraten der stellvertretenden Pfarrgemeinderatsvorsitzenden der zuständigen Pfarrei St. Hedwig, einer gewissen Frau Wohlig, rechtzeitig veranlasst, seine Kandidatur zurückzuziehen.

Gewissen Gerüchten, die eine Querverbindung zwischen seinem Nachfolger als Faschingsprinz, Donald Dimpf, und der Enthüllung der ffäre herstellen wollten, möchte ich entschieden entgegentreten. Denn mir ist Dimpf als untadeliger und alles andere als hinterhältiger Journalist immer ein Vorbild gewesen. Diese Charaktereigenschaften waren wohl auch die Voraussetzung, dass er sich über Jahrzehnte als König der Klatschspalten halten konnte. Wenn es eine Klatschspalte über Klatschspaltenschreiber gäbe, hätte man darin Dimpf wirklich nur das Beste nachsagen können. Donald Dimpf war ein durchaus liebenswerter Zeitgenosse, wenn man davon absieht, dass er im Übermaß eitel war.

Der sichtbare Ausdruck dieser überdimensionalen Eitelkeit

waren seine Krawatten. Dimpf hielt sich zugute, dass er einer der größten Krawattenkollektionen Westeuropas sein Eigen nannte. Wer das sehr seltene Vergnügen hatte, dass er bei Dimpf eingeladen wurde, dem zeigte er als Erstes voll Stolz seinen Krawattenschrank – ein Regal, das sich über mehrere Meter erstreckte. War es in seiner frühen Zeit einmal der Ehrgeiz von Dimpf gewesen, so viele Krawatten zu besitzen, dass er ein Jahr lang jeden Tag eine andere anziehen konnte, so hatte er nun den Ehrgeiz, stündlich seine Krawatte zu wechseln. Das war natürlich, wenn man es genau nimmt, ein wenig praxisfremd. Denn auch als Klatschkolumnist, der ja hautpsächlich nachts unterwegs sein muss, benötigt man einige Stunden Schlaf, und während dieser Zeit ist ein Wechsel der Krawatte sicher nicht möglich (es sei denn, man würde fremde Hilfe in Anspruch nehmen). Wie dem auch sei, Dimpf besaß 365 mal 24 Krawatten. Die genaue Anzahl auszurechnen, überlasse ich dem Geschick beziehungsweise dem Taschenrechner des Lesers.

Ausgerechnet aber eine der Krawatten aus dem 366. Satz, den Dimpf gerade für das aktuelle Schaltjahr gekauft hatte, sollte eine nicht vorhersehbare Wirkung auf die politische Entwicklung in unserem Lande haben. Auf der Krawatte befand sich nämlich ein wunderschönes buntes Bild eines Flamingos.

Nun traf es sich, dass die Ministerpräsidentin an einem Donnerstagabend eine Ansprache vor dem Fischereiverband gehalten hatte. Dabei wurden Klagen der Fischer laut, der unter Schutz stehenden Kormoran gefährde zunehmend die Fischbestände. Ich will nun nicht näher auf diese schwierige Thematik eingehen, zumal mir die Fach kenntnis fehlt. Ich lasse also offen, wer recht hat, Naturschützer oder Fischer, oder inwieweit überhaupt eine Regelung auf diesem Sektor möglich oder sinnvoll ist. Tatsache bleibt: Die Ministerpräsidentin, die immer demjenigen, der bei ihr jeweils gerade als Letztes die Türklinke gedrückt hatte, recht gab, trug den Fischern zuliebe eine gewisse Kormoran-Aversion zur Schau.

Am nächsten Abend, es war der 29. Februar, traf die Ministerpräsidentin bei einer Vernissage Donald Dimpf, der zu diesem Anlass das erste Mal stolz die schon erwähnte Krawatte zur Schau stellte.

Hier aber noch ein paar Worte zu dieser Vernissage. Sie wurde von dem Aktionskünstler Josef Kahl durchgeführt. Dieser hatte früher wunderschöne Naivbilder gemalt, damit aber nie einen Kulturpreis errungen. Nun hatte er sich auf Anraten mehrerer progressiver Kollegen entschlossen, sich Aktionskünstler zu nennen, dem Pinsel Lebewohl zu sagen und sich ganz und gar auf Tüten zu konzentrieren. Wahl hatte daher in dem Ausstellungssaal eine Unmenge großer, kleiner, einfarbiger und bunter Tüten auf Wäscheleinen quer durch den Saal aufgehängt.

Die Vernissage war geschickt arrangiert. Kahl hatte die bekannte Alphorngruppe ‚Los Choralechos' eingeladen, die aus siebzehn Mann bestand. Jedes Mal wenn die Gruppe spielte und an einer Stelle ein Cis erklang, gab der Dirigent, ein gewisser Amadeo Domingo, Kahl ein Zeichen. Der sprang auf, schnappte sich sich eine der Tüten, blies sie auf und zerschlug sie dann mit lautem Knall.

Obwohl es für den Fortgang unserer Handlung nicht entscheidend ist, sei hier vermerkt, dass diese Vernissage ein enormes Aufsehen erregte, zumal Kahl Tüten aus Recyclingpapier verwendete und ausdrücklich betonte, wie wichtig es wäre, wieder zu natürlichen Tüten zurückzukehren und von Plastiktüten Abstand zu nehmen. Kahl wurde seit dieser Aktionsvernissage als heißer Kandidat für verschiedene Kulturpreise gehandelt. Und als er den genialen Einfall hatte, sich mit dem Schriftsteller Rosario Siebenöhrl zusammenzutun, der einige seiner Schüttelreime auf Kahls Tüten schrieb, konnte das Kulturreferat nicht weiter an ihm vorbeigehen: Er wurde mit dem Spitzweg-Preis ausgezeichnet. Damit soll allerdings nicht gesagt sein, dass die Aktionen Kahls irgendeinen Bezug zu den Bilder Spitzwegs gehabt hätten.

Ohnehin ist für den Fortgang unserer Geschichte ein ganz anderer Aspekt der erwähnten Veranstaltung entscheidend. Wie schon vorher angedeutet, eröffnete die Ministerpräsidentin die Vernissage, und selbstverständlich war auch Donald Dimpf anwesend. Als er Frau Kohlhuber mit einem freundlichen »Guten Abend, Frau Ministerpräsidentin« begrüßte, schaute sie auf seine Krawatte und meinte bissig: »Wissen Sie, dass Sie schuld sind, dass wir bald keine Renken mehr essen können und dass der arme Waller vom Aussterben bedroht ist? Sie mit ihrem komischen Vogel, der unsere ganzen Fische zusammenfrisst!« – Frau Kohlhuber hatte den Flamingo mit einem Kormoran verwechselt.

Das Tüpferl auf dem i in dieser leidigen Situation war für Dimpf allerdings, dass der Oppositionspolitiker Hans Kollo, der schon seit über dreißig Jahren dem Schattenkabinett der größten Oppositionspartei angehörte, ihn zur fortgeschrittenen Stunde hämisch darauf ansprach: »Was sagn S' jetzt dazu, dass Sie die Ministerpräsidentin als einen komischen Vogel bezeichnet hat?« Kollo war in dem fraglichen Augenblick in der Nähe gestanden, hatte die Bemerkung der Ministerpräsidentin aber nur mit einem halben Ohr mitgehört und sie nicht auf die Krawatte, sondern auf die Person Dimpfs bezogen. Dimpf, der ohnehin schon aufgrund der Diskriminierung seiner Krawatte dem Siedepunkt nahe war, wurde sich bewusst, dass das Wort vom ‚komischen Vogel' in die falschen Ohren gelangt war und bald für einiges Aufsehen sorgen konnte. So entwickelte er von jenem Abend an eine abgrundtiefe Abneigung gegen Frau Kohlhuber. Man kann sich unschwer vorstellen, wie sich das auf seine Kolumnen auswirkte. Dimpf versäumte keine Gelegenheit, die Ministerpräsidentin zu attackieren. Um genau zu sein: Er attackierte sie eigentlich gar nicht. Was auch immer sie tat und sprach, er zitierte einfach einige Sätze von ihr. Und ohne dass er einen besonderen Kommentar hätte abgeben müssen, genügten diese Aussprüche von Frau Kohlhuber, dass man hinter vorgehaltener Hand über sie zu lachen begann.

Auch eine weitere Begebenheit, die sich wenige Monate später zutrug, wirkte sich ungünstig auf das weitere politische Schicksal der Ministerpräsidentin aus. Es wurde schon mehrmals deutlich, dass Frau Kohlhuber nicht gerade ein Sprachgenie war und gerne Fremdwörter durcheinanderbrachte oder falsche Bedeutungen in sie hineinlegte.

Damals fand in einem großen Hotel in der Landeshauptstadt gerade eine Tagung des Vigilarius-Bundes statt. Thema der Veranstaltung war die zunehmende Verwahrlosung der Sitten im Lande. Selbstverständlich sprach die Ministerpräsidentin ein etwas ausgedehnteres Grußwort und versicherte darin, dass sie sich in Zukunft entschieden für die Wiederherstllung von Moral und Sitte einsetzen werde, insbesondere was allzu freizügige Kleidung oder gar vollständige Entkleidung in der sommerlichen Badeszene des Landes anbetrete.

Eine von Kohlhubers Redenschreiberinnen, eine gewisse Agnes Dudlhofer, war für ihre besonderes Sittenstrenge bekannt. Möglicherweise resultierte diese aus einer unterbewussten Aversion gegen ihren Namen, den sie trotz vielfacher Änderungsversuche nicht ablegen konnte – auch ihre Heiratspläne waren bisher sämtliche gescheitert. Dudlhofer war im Übrigen selbst Mitglied des Vigilarius-Bundes. So kann man sich vorstellen, dass die Rede, die sie für die Frau Ministerpräsidentin zu den erwähnten Anlass entworfen hatte, äußerst moralisch, ja geradezu moralinsauer war. Etwa im Stile des römischen Staatsmannes Cato des Älteren, der bekanntlich immer wieder mit seinem »Ceterum censeo Carthaginem esse delendam« die endgültige Vernichtung der Stadt Karthago forderte, rief Kohlhuber den ständig wiederkehrend Satz aus: »Kampf dem Exhibitionismus – zurück zum Pietismus!«

Leider war die Frau Ministerpräsidentin, was Kleiderfragen anbetrifft, nicht immer sehr gut beraten. So erschien sie bei den Damen und Herren des Vigilarius-Bundes, da es sich um einen sehr heißen Tag handelte, in einer lilafarbenen Hose, die ihr gerade bis zum Knie reichte. Frau Agnes Dudlhofer, die natürlich nicht über die Bekleidung ihrer Dienstherrin wachte, war schon im Saal und bemerkte das Eintreffen derselben mit Entsetzen. In Windeseile entwarf sie in einem Anflug von Verzweiflung noch ein paar ergänzende Sätze zu der Rede, etwa dahingehend, dass sie, die Ministerpräsidentin, mit ihrer Kleidung, sozusagen um den Teufel mit Beelzebub auszutreiben, gegen Exhibitionismus in jeder Form protestieren wolle. Doch diese Beteuerungen von Frau Kohlhuber wirkten auf die Anwesenden wenig glaubwürdig, sodass ihre an sich dem Flair der Veranstaltung durchaus angemessene Rede nicht den ungeteilten Beifall der Anwesenden fand, ja sogar von einigen kühnen Vertretern des VigilariusBundes mit Pfiffen bedacht wurde.

So kam es, dass die Ministerpräsidentin im Anschluss an diese ihre Rede wutentbrannt den Saal verließ und dabei an einem weiteren Saal in dem großen Hotelgebäude vorbeikam, in dem gerade eine Ausstellung von Schutzengelbildern aus aller Welt eröffnet wurde.

Man muss es eventuell den angegriffenen Nerven der Ministerpräsidentin zugutehalten, dass sie den deutschen Titel für diese Veranstaltung, der auf einem großen Plakat an der Tür deutlich sichtbar war, nicht bemerkte, sondern lediglich das englische Wort exhibition, das auf einem kleinen Schild daneben zu lesen stand, zur Kenntnis nahm. Wutentbrannt stürmte sie in den Saal, in dem gerade ein gewisser Monsignore Theobald Ziebele eine sehr erbauliche Ansprache über die Bedeutung von Schutzengelbildern in einer pluralistischen Gesellschaft hielt. Frau Kohlhuber stürzte ans Rednerpult, drängte den verdutzten Monsignore zur Seite und begann in einer Art Zusammenfassung dessen, was sie vorher beim Vigilarius-Bund gesagt hatte, gegen den gegenwärtigen Sittenverfall, im Besonderen gegen den Exhibitionismus loszupoltern. Dabei beschimpfte sie die erstaunt dasitzenden Leute in geradezu rüder Form als »öffentliche Träger und Verkünder einer tabulosen Freizügigkeit«. Ihre Rede wurde, da es sich um eine internationale Ausstellung handelte, von einigen Simultandolmetschern ins Englische, Französische, Spanische, Italienische übersetzt, sogar in Kisuaheli. Zwar hatte nur ein Vertreter aus diesem Sprachraum seine Teilnahme angekündigt und sie in letzter Minute wegen einer akuten Blinddarmentzündung seines Lebensgefährten abgesagt. Aber weil das nicht mehr zu den Organisatoren der Veranstaltung durchgedrungen war, übersetzte der Simultandolmetscher, ein gewisser Herr Nbu, eigentlich ganz und gar überflüssig, die Rede der Ministerpräsidentin in Kisuaheli. Herr Nbu fertigte zudem eine Niederschrift seiner Übersetzung an und gab sie an einschlägige Presseorgane aus ostafrikanischen Ländern weiter. Agnes Dudlhofer, die der Ministerpräsidentin in den Saal gefolgt war, hatte es nicht mehr vermocht, den Skandal zu vermeiden. Sie konnte ihre Chefin lediglich noch vor den wilden Beschimpfungen der Anwesenden beschützen, indem sie sie durch einen Hintereingang des Hotels hinausschleuste.

Dieser Auftritt der Ministerpräsidentin war nun, wie es so schön in einem Sprichwort heißt, der berühmte Tropfen, der das Fass zum Überlaufen brachte. Man muss ihr allerdings zubilligen, dass sie in einigen Punkten einfach großes Pech hatte. Denn eben durch die Übersetzung in Kisuaheli bekam ihre Rede unbeabsichtigt eine weltweite Bedeutung. Dazu muss man Folgendes wissen: Der Vorsitzende der weltweit operierenden Organisation ‚Save the Moral Tradition' war einer der mächtigsten und reichsten Männer der Welt. Ihm gehörte beispielsweise die Zahnstocherfabrik Hygodent in Bad Kohlgrub, aber auch die Hühneraugenpflaster-Manufaktur Fußwohl in Bad Gögging. Daneben hatte er in seinem Heimatland Spanien einige Konzerne unter sich, unter anderem die größte Kastagnetten-Fabrik der Welt in Sevilla. Zudem war er Besitzer der weltbekannten Salinen auf Lanzarote. Es würde den Rahmen meiner Darstellung sprengen, noch näher auf sein weitverzweigtes Imperium einzugehen.

Ebenjener Rodrigo Valesces hatte – das war eigentlich nur ein Spleen von ihm – Kisuaheli gelernt und, um sozusagen am Ball zu bleiben, hatte er eine der wichtigsten Zeitschriften in dieser Sprache abonniert. Nichts ahnend las er den Artikel über den skandalösen Auftritt der Ministerpräsidentin. Zu deren Unglück hatte Rodrigo Valesces die Ausstellung, in deren Eröffnung sie hineingeplatzt war, mit organisiert.

Valesces explodierte. Er sah den Vorgang als eine Beleidigung für seine Organisation ‚Save the Moral Tradition' an und nahm sofort Verbindung mit der Bundeskanzlerin auf. Die reagierte zunächst gelassen. Als Valesces dann allerdings damit drohte, verschiedene seiner Fabriken nach Rumänien zu verlegen und damit eine Menge Arbeitsplätze im Lande zu gefährden, reagierte sie schließlich doch. In einem eigentlich noch heiter zu nennenden Brief forderte die Kanzlerin die Ministerpräsidentin auf, doch auf diplomatische Art und Weise den entstandenen Konflikt zu bereinigen.

Wer aber aus meinen Schilderungen Frau Erna Kohlhuber näher kennt, weiß, dass es für sie nie infrage gekommen wäre, sich für irgendeine ihrer Taten zu entschuldigen. So reagierte sie auch äußerst brüsk auf diesen Brief aus Berlin und verbat sich die Einmischung in landespolitische Themen, wie sie sich ausdrückte. In einem geradezu beleidigenden Schreiben kündigte sie an, sich solche Bevormundung nicht weiter gefallen zu lassen. Notfalls würde sie, Frau Kohlhuber, die Ministerpräsidentin des Landes, alles daransetzen, um aus der Bundesrepublik auszutreten und das Land zu einem selbstständigen Staat zu machen.

Dieser Gedanke brachte eine hochinteressante Wende mit sich. Denn in den vorhergehenden Monaten hatte sich die Gunst des Volkes eindeutig von Frau Kohlhuber abgewandt. Das hatte eine Untersuchung ergeben, die die altbayerische Heimatzeitung ‚Der Almfried‘ unter der Federführung des bekannten Demoskopen Professor Dr. Altwein hatte starten lassen. Bei dieser Untersuchung fiel zunächst auf, dass der höchste Prozentsatz der ablehnenden Stimmen von den geschiedenen Frauen kam. Auffällig groß aber war dabei der Anteil bei geschiedenen Arztfrauen, unter denen wiederum die dem evangelischen Glauben angehörenden nochmals mit 3,18 Prozentpunkten mehr für die Abwahl von Frau Kohlhuber votierten als ihre katholischen Geschlechtsund Schicksalsgenossinnen.

Es würde zu weit führen, weiter über Altweins hochinteressante Analyse zu berichten. Hier müssen wir lediglich Folgendes festhalten: Nachdem zunächst eine deutliche Ablehnung gegenüber Frau Kohlhuber feststellbar gewesen war, änderte sich die Stimmung nun radikal. Über Kohlhubers Brief an die Bundeskanzlerin, in dem sie die Unabhängigkeit ihres Landes in Aussicht stellte, hatte die Presse ausführlich berichtet. Da diese, wie erwähnt, der Ministerpräsidentin inzwischen nicht mehr so wohlgewogen war, darf man annehmen, dass man Frau Kohlhuber damit schaden wollte. So war die Reaktion in breiten Schichten des Volkes umso überraschender: Allenthalben bekam die

Ministerpräsidentin positive Zuschriften, und die Gunst des Volkes schlug wiederum einmal, wie so oft in der Geschichte dieses Landes, innerhalb kürzester Zeit um. Allerdings, das darf ich hier im Vorgriff auf den weiteren Ablauf dieser Geschichte schon erwäh-nen, nur vorübergehend.

11. HOFEDITZ TRIFFT DER SCHLAG

Nun wieder einmal zurück zu Hofeditz. Der hatte selbstverständlich, nicht zuletzt über seine inzwischen überall verteilten Zuträger, frühzeitig davon erfahren, als das politische Stimmungsbarometer gegen Frau Kohlhuber auszuschlagen begann. Er hatte eigentlich damit gerechnet, dass nun schon seine Stunde gekommen wäre, und war äußerst unangenehm überrascht, als er die neue Hochstimmung des Volkes zu deren Gunsten feststellen musste. Das hatte er nicht eingeplant. Nach längerem Nachdenken aber erkannte er, wie recht das alte Sprichwort hat, wonach es selten einen Schaden gibt, wo nicht Nutzen dabei ist. Die Entwicklung, so wurde ihm klar, könnte für seine Pläne möglicherweise auch sehr förderlich sein.

So organisierte Hofeditz als nächsten Schritt den ‚Bayxit', wie der Austritt des Freistaates aus dem Bundesstaat schon bald in der Presse genannt wurde. Da sich inzwischen schon eine Reihe Geschichtsschreiber dieser Thematik angenommen hat, soll es uns genügen, den Hergang mit wenigen Sätzen zusammenfassen. Der geneigte Leser wird in Bälde alle Details der Entwicklung in einem sechsbändigen Werk, das von echten Autoritäten ihres Faches erarbeitet wurde, in einer wissenschaftlichen Ansprüchen genügenden Form nachlesen können.

Hier nur so viel: Die Loslösung glückte. Das von Frau Kohlhuber initiierte Referendum erreichte überzeugende 85,28 Prozent Zustimmung bei den Landesbürgern. Eine hochinteressante Untersuchung des bereits zitierten Professor Altwein wies nach, dass allerdings auch hier wiederum die geschiedenen evangelischen Arztfrauen unter den 14,72 Prozent der ablehnenden Stimmen mit einem auffällig hohen Anteil vertreten waren.

Hofeditz hatte aber vorgesorgt. Er hatte der Ministerin eingeflüstert, dass sie, im Sinne dieser Loslösung, auf eine ganz und gar neue Währung übergehen solle. Und – man wird es nicht glauben – er konnte sie sogar davon überzeugen, dass dieses eine

Naturalienwährung sein solle. Man solle, so redete er ihr ein, der Diskussion um die von Experten immer öfter geforderte, aber beim Volk äußerst unbeliebte Abschaffung des Bargeldes mit einer »unkonventionellen Vorwärts-Strategie«, wie er sich ausdrückte, den Wind aus den Segeln nehmen. Daher solle man die bisher üblichen Münzen und Geldscheine aus dem Verkehr ziehen und dafür die nur noch selten vorhandenen Exemplare der Flussmuscheln in der Sempt verwenden. Die Währungsstabiliät ließe sich damit auch garantieren. Er hatte ausrechnen lassen, dass die noch vorhandenen Exemplare etwa genau den Münzbedarf decken könnten.

Als nun Erna Kohlhuber mit diesem aufsehenerregenden Plan an die Öffentlichkeit trat, erhob sich, von Hofeditz selbstverständlich vorausgeahnt, wieder eine Woge der Empörung gegen die Ministerpräsidentin. Denn die Sempt-Smaragdmuscheln gehörten zu den Objekten, die den Naturschützern im Lande am meisten am Herzen lagen. Die Verwendung dieser Muscheln, die dafür selbstverständlich auch noch hätten getötet werden müssen, als Zahlungsmittel ließ große Proteste durch das Land gehen, und es entstand über die Parteien hinweg ein Bündnis gegen eine solche Barbarei.

An dieser Stelle kann der Schreiber der Zeilen nicht länger einen schützenden Mantel der Verschwiegenheit über Hofeditzens Privatleben legen. Der Professor hatte sich nämlich in seinem Bestreben, sich nach allen Seiten abzusichern, mit der Frauenbeauftragten der Grünen liiert. Sie nannte sich Liz van der Schnack und war eine bekannte Kabarettistin.

Als kleines Mädchen war sie mit ihrem Vater, dem Schnackl-Sepp, als die Schnackl-Lisi aufgetreten und hatte in vielen Volksmusiksendungen gesungen. Ihr wohl bekanntestes Lied war das wunderschöne Kinderversehen ‚Hehna bibi, Hehna babo, wennsd' nimmer fliagn mehr kannst, stich i di o. Hehna bibi, Hehna bibom, wennsd' ma koa Oa net legst, geht's da an Krogn'. Die Lisi galt als eines der hoffnungsvollsten Nachwuchs-Hoagastsängerinnen-Talente, und ihr Vater hatte bereits einen Vorvertrag für sie bei den Bogenhauser Dirndln unterschrieben.

Da lernte sie kurz nach ihrer Pubertät den bekannten, damals schon im 63. Lebensjahr stehenden Kabarettisten Dietmar Scheibenzuber kennen. Dieser erkannte sehr bald ihre satirische Begabung und schrieb für sie einige gesellschaftskritische Songs, darunter das bekannte ‚Nichts bleibt mehr wie ehedem, ändern muss sich das System, ist's auch manchen unbequem'. Dieses Lied – an das sich profunde Kenner der Kabarett-Szenerie vielleicht erinnern – erlebte seine nicht ganz geglückte Uraufführung bei der 120 Jahr-Feier des Trachtenvereins ‚Almerrausch und Edelweiß'. Dem ging ein Verwechslungsfehler der Agentur voraus. Deren Chef, ein gewisser Werner Dasch, der normalerweise alles im Griff hatte, befand sich zu der damaligen Zeit gerade auf einer Abmagerungskur, und seine Sekretärin, die in der Computerbedienung noch nicht ganz sicher war, schickte versehentlich den Männergesangsverein ‚D'Oachkatzl' statt auf die Trachtenvereinsfeier in eine Protestversammlung des Gewerkschaftsbundes. Dort dürften sich die Herren mit ihren Liedern ‚Woaßt du, Mutterl, was ma traamt hat' und ‚Mei Vater war a Jagersbua' sicher etwas deplatziert vorgekommen sein. Umgekehrt quittierten aber die ‚Almerrauschler und Edelweißler' Scheibenzubers Systemveränderungslied, das von der Gruppe ‚Liz und die drei kritischen Proletarier' vorgetragen wurde, nur mit mäßigem Beifall. Dies sei aber nur am Rand vermerkt.

Für den Fortgang der Handlung ist es entscheidender, dass Scheibenzuber für Liz wunderschöne, unter die Haut gehende Lieder dichtete. Ihren ersten Triumph feierte sie mit dem folgenden Song:

Lasst den Aufstand uns betreiben,
nichts soll mehr beim Alten bleiben.
Hier bei uns und andern Ländern
muss sich alles, alles ändern.

Um ein Haar wäre freilich die Karriere der Liz van der Schnack früh gestoppt worden, denn es geschah Folgendes: Als sie den Song beim Münchner Stadtgründungsfest vortrug, befand sich auch der erzkonservative Stadtrat Theobald Zitzler unter den

Zuhörern. Dieser hatte es sich selbst zur Aufgabe gemacht, jede nur erdenkliche Art von staatsgefährdenden Schriften, Büchern, Filmen, Liedern und anderem gemeingefährlichem Kulturgut aufzuspüren. Zitzler, der noch die alte Gabelsberger-Kurzschrift beherrschte, schrieb den Text von Liz van der Schnack eifrig mit und gab ihn, nachdem er seine Kurzschrift auf einer alten Olympia-Schreibmaschine in Normalschrift übertragen hatte, an die Münchner Parteizentrale weiter mit dem handschriftlichen Vermerk: ‚Kulturmordverdächtig‘.

Dieser Akt fiel seinem schon vorn erwähnten Parteigenossen Froschmeier in die Hände, der bei den Konservativen Fachmann für die kulturellen Belange war, aber immer wieder betonte, dass er ohne jede Ideologie nur vom Literaturwissenschaftlichen her agieren wolle. Leider konnte er aber aufgrund von Zitzlers schlechter Schrift den Vermerk nicht genau entziffern und las den ‚Kulturmord‘ als ‚Kulturorden‘. Nach eingehendem Studium der progressiven Zeilen von Liz van der Schnack setzte er tatsächlich durch, dass die junge Künstlerin den alljährlich in Wildbad Kreuth vergebenen Silbernen Rettich, den begehrten Preis für Pflege und Erhaltung bayerischen Brauchtums, verliehen bekam.

Im Vorjahr hatte diese Trophäe der Texter der Hymne ‚Die Nachtigall vom Mangfalltal‘, ein gewisser Dragomir Pelinkovac, erhalten.

Pelinkovac galt aber in Literatenkreisen als rassismusverdächtig. Das kam daher, dass er vor Jahren versucht hatte, das bekannte Kinderbuch über die ‚Zehn kleinen Negerlein‘ ins Oberpfälzische zu übersetzen. Deren Geschichte endet ja bekanntlich ähnlich tragisch wie das Nibelungenlied, hier freilich nicht mit dem Tod der Nibelungen, sondern dem der zehn zunächst fröhlich angetretenen Buben, von denen teils selbstverschuldet, teils durch Verquickung äußerst unglücklicher Umstände am Schluss nur mehr ein einziger übrig bleibt beziehungsweise auch dieser noch stirbt.

Kein Wunder also, dass Dietmar Scheibenzuber, sobald er von der bevorstehenden Auszeichnung seines Zöglings Liz van der

Schnack mit dem Silbernen Rettich erfuhr, ihr dringend abriet, diese Trophäe entgegenzunehmen. Ein Rat, den Liz, die sich damals noch in einer gewissen Hörigkeitssituation befand, auch sofort annahm. Scheibenzuber reichte das jedoch noch nicht. Er witterte die Möglichkeit, bei der Preisverleihung ein kleines literarisches Spektakulum zu veranstalten. In dem Augenblick, als ihr der damit beauftragte Froschmeier den ‚Rettich' übergeben wollte, entledigte sie sich mit einem Ruck ihres Kleides. Darunter trug sie einen pinkfarbenen Body, auf dem die Worte standen: ‚Vorm Kopfe hätt ein Brett ich, nähm an ich euren Rettich'.

Durch die guten Beziehungen Scheibenzubers zur Presse gelangten diese Zeilen teilweise sogar auf die Titelseiten der großen Zeitungen. Da verwundert es nicht, dass Liz van der Schnack kurze Zeit später für ihren Mut und ihre Aufmüpfigkeit den ‚Grünen Stinkefinger' verliehen bekam, den derzeit wohl begehrtesten Preis, den ein Kabarettist erhalten kann. Fachleute streiten sich, ob das hübsche Bonmont, das Liz van der Schnack anschließend zum Besten gab, spontan aus ihrem Munde kam oder ob es sich dabei um ein von Scheibenzuber vorher ausgeklügeltes Wortspiel handelte:

Ich pfeife auf den Rettich,
nun bin beim Kabarett ich.

Die Liaison zwischen Liz van der Schnack und Scheibenzuber währte nicht sehr lange. Und das kam so: Scheibenzubers Tante, eine gewisse Frau Blümel, führte einen sehr gut gehenden Verlag, der Devotionalien, Heiligenbilder, Wallfahrtskerzen, Medaillons und Ähnliches vertrieb, den Sacro-Sancta-Verlag. Die gute Frau Blümel hatte bereits ein gesegnetes Alter erreicht, sie war jedoch bei so guter Gesundheit, dass man ihr noch viele weitere Jahre hätte zutrauen können. Doch dann segnete sie aufgrund einer Verquickung unglücklicher Umstände schnell und, fast möchte man sagen, vorzeitig, das Zeitliche.

Frau Blümel war eine begeisterte Kreuzworträtsel-Löserin und machte bei jedem Preisausschreiben mit, das ihr in den Weg kam. Als sie einmal bei einem Pfarrfest von St. Notker zum Elfmeterschießen antrat, zog sie sich eine Achillessehnenverletzung zu und suchte daher die Praxis eines Orthopäden auf. Dort musste sie unglücklicherweise sehr lange warten, bis sie an die Reihe kam. Sie begann in einer Sportillustrierten zu blättern und stieß ausgerechnet dort auf ein Preisrätsel, das sie in Windeseile löste, es herausriss und einschickte. Um es kurz zu machen: Frau Blümel gewann den dritten Preis, einen Bungee-Sprung von der Großhesseloher Brücke. Selbstverständlich hätte sie diesen Preis nie angenommen, wenn sie gewusst hätte, worum es sich bei Bungee handelt. In ihrer Unwissenheit fragte sie die Zugehfrau, eine gewisse Rosa Reitmoser, die auf eine etwas schnoddrige Art antwortete:»Bungee, das weiß ich schon, das ist eine Art Seilhüpfen.« Nun war Frau Blümel noch immer aktives Mitglied im Damenturnverein ‚Alte Heide‘, und bis zum heutigen Tag gehört es dort zum allwöchentlichen Programm, dass sich die Frauen der Riege mit Seilhüpfen aufwärmen. Frau Blümel erzählte immer stolz, dass sie in ihrer Jugend einen geradezu phänomenalen Rekord von 1767 Seilsprüngen aufgestellt habe. Auch jetzt, im Alter, brachte sie es noch auf stolze fünfzig bis sechzig Sprünge.

So erschien also Frau Blümel in Erwartung eines Seilhüpfens im traditionellen Sinne an dem angegebenen Ort und freute sich, dass sie mit einer Fanfare begrüßt wurde. Etwas hätte sie allerdings nachdenklich werden lassen müssen: nämlich als sie nach einem Sprungseil Aussschau hielt und lediglich ein riesiges Gummiseil vorfand. Es bleibt wohl für immer unergründet, warum sie nicht protestierte, als man sie an dieses anschnallte. Was sie sich eingebrockt hatte, kam ihr erst zu Bewusstsein, sobald man sie mit einem»Gut Sprung« über das Gelände hochhievte und in die Tiefe schubste.

Selbstverständlich war das Bungee-Seil entsprechend eingestellt, und Frau Blümel landete bis zu den Knien im Isarwasser, ohne sich dabei zu verletzen. Als sie schließlich wieder auf der Brücke war, schimpfte sie wie ein Rohrspatz und verlangte, dass man sie sofort mit einem Taxi nach Hause führe, ansonsten ginge sie vor Gericht. Ihr Wunsch wurde auch erfüllt.

Das Verhängnis aber war nun, dass Frau Blümel vor lauter Wut vergessen hatte, dass ihre Fußbekleidung patschnass war. Der Taxifahrer, der nicht sehr ortskundig war und sich blind auf sein Navigationsgerät verließ, brauchte von der Großhesseloher Brücke bis zu der in Neuhausen gelegenen Bothmerstraße 18 zwei Stunden. In dieser Zeit erlitt Frau Blümel eine Unterkühlung und zog sich dadurch eine Lungenentzündung zu, die schließlich der Grund für ihr vorzeitiges Ende wurde.

Ich will nun die einzelnen Stationen der Testamentsvollstreckung übergehen. Tatsache ist, dass Scheibenzuber sich als Alleinerbe herausstellte und er nun vor der Alternative stand, entweder seinem nur mittelmäßig lukrativen Beruf als Kabarettist weiterhin nachzugehen oder die Devotionalienhandlung der Frau Blümel zu übernehmen. Nachdem er sich über die Einkommensmöglichkeiten genauestens orientiert hatte, siegte seine grundsätzlich kapitalistische Einstellung, die er sich trotz seiner linkskabarettistischen Tendenzen bewahrt hatte. Er schützte eine Stimmbandschwäche als Anlass seines Abschieds vom Kabarett vor und verließ dieses entsprechend sangund klanglos.

Nun stellte sich allerdings heraus, dass Scheibenzuber mehr oder weniger gezwungen war, zusätzlich zu dem gut gehenden Verlag eine ganze Reihe von Ehrenämtern zu übernehmen, die die ehrenwere Frau Blümel innegehabt hatte. So war sie unter anderem stellvertretende Vorsitzende im Hilfsverein für herrenlose Hunde, Schatzmeisterin im Missionswerk ‚Bibeln für Uganda‘ und Präsidentin der christlichen Witwen-Chorvereinigung ‚Heidschibumbeidschi‘, zu deren Tradition es gehörte, alljährlich am 31. Juli einen Gutenachtlieder-Wettbewerb auszurichten. Die Vorbereitung für dieses Gesangstreffen, das regelmäßig in Ampermoching stattfand, hatte die bewährte Arbeitskraft von Frau Blümel stets mehrere Monate in An spruch genommen.

So verwundert es nicht, dass nach Bekanntwerden des Ablebens von Frau Blümel und der Übernahme ihres Geschäftes durch Scheibenzuber die Vizepräsidentin von »Heidschibumbeidschi« um einen Dringlichkeitstermin bei dem ehemaligen Kabarettisten bat, denn der Gutenachtlieder-Gesangswettbewerb stand unmittelbar vor der Türe. Scheibenzuber versuchte zunächst abzuwinken. Doch die Vizepräsidentin, eine gewisse Freifrau von Roiblfing, drohte im Falle einer Absage Kontakt mit der Presse aufzunehmen und sagte Scheibenzuber voraus, dass erhebliche Einbußen im Devotionaliengeschäft die Folge wären. Also versprach Scheibenzuber, bei der Vorbereitung mit Rat und Tat zur Seite zu stehen und ihr auch bei der Abfassung der diesjährigen Hymne zu helfen. Frau von Roiblfing klärte ihn nämlich auf, es sei im »Heidschibumbeidschi«-Gesangsverein seit Jahr und Tag Brauch, dass die Präsidentin selbst eine Hymne verfasse, die dann im Rahmen des Wettbewerbs von den Witwensängerinnen uraufgeführt werde. Und sie gab Scheibenzuber die Tonaufnahmen der letzten Hymnen mit, damit er eine Vorstellung von seiner Aufgabe habe.

Es spricht für die Kreativität Scheibenzubers, dass er in relativ kurzer Zeit ein wunderschönes Lied textete, das wie folgt lautete:

O Abendstern, so hell und klar,
du leuchtest mild zur Ruh.
Du bist so fern und doch so nah,
ich schließ die Augen zu.
Wie wunderschön ist diese Welt
beim Tag, beim Sonnenstrahl.
Doch auch das nächtlich Himmelszelt,
sternfunkelnd, Mondlicht fahl.
Gut Nacht, schlaft ein und saget Dank,
ihr Menschen alle nun.
Von guten Kräften mögt umrankt
ihr bis zum Morgen ruhn.

Dieser Hymnus wurde von dem Südtiroler Komponisten Adrian Kompatscher, der sich einst, in jüngeren Jahren, schon beim ,Grand Prix der Volksmusik' einen Namen gemacht hatte, wunderschön vertont. Und so ist es nicht verwunderlich, dass bald auch andere Gesangsgruppen auf dieses Opus aufmerksam wurden. Ja – der geneigte Leser wird es erraten haben – sogar das ihm bestens bekannte Duo ,Die Margarinos', die es dank ihres Bekanntheitsgrades innerhalb weniger Wochen zum Spitzenreiter in den Hitparaden machten. Da ließ es sich selbstverständlich nicht verheimlichen, wer der Texter dieses Abendliedes war. Es kam, wie es kommen musste. Scheibenzuber wurde zu einem gesuchten Texter für volkstümliche Musik.

Obwohl es interessant wäre, das weitere Schicksal Scheibenzubers zu verfolgen, breche ich hier seine Biographie ab, um mich wieder der Haupthandlung zuzuwenden. Man erinnere sich an die Liaison zwischen Scheibenzuber und Liz van der Schnack. Sie war in der Zeit, in der sich Scheibenzuber zu einem erfolgreichen HitparadenTexter entwickelte, immer mehr zur etablierten Kabarettistin und Frauenrechtlerin geworden. So ist es nicht verwunderlich, dass sie vor der entscheidenden Frage stand, entweder weiterhin die Verbindung mit ihrem Mentor aufrechtzuerhalten oder sich von ihm zu trennen und ihre Karriere weiterzuverfolgen. Denn beides unter einen Hut zu bringen, wäre absolut unmöglich gewesen.

Liz van der Schnack entschied sich für eine jähe Trennung. Scheibenzuber versuchte ihr daraufhin in einem langen Brief zu erklären, warum und weshalb er sich zu den Entscheidungen, die er in der letzten Zeit getroffen hatte, mehr oder weniger gezwungen gesehen habe. Liz jedoch zerriss den Brief wutentbrannt und schickte ihm lediglich folgende Zeilen, die inzwischen zu einem festen Bestandteil der kritischen Frauenlyrik geworden sind:

Frau sein und frei sein
Wenn Frau frei
Friede fruchtet
Freiheit friert
Nein regiert.
Frau mit Zügel
Ohne Flügel

‚Damit hatte Liz van der Schnack einen Bogen zu ihrem ersten Lied ‚Hehna bibi, Hehna babo' gespannt.

Scheibenzuber, von dieser großartigen Lyrik zutiefst betroffen, antwortete mit einem Gedicht, das seiner derzeitigen Weltanschauung entsprach:

Wenn Übung ja den Meister macht,
meint mancher, hab ich den Verdacht,
es wäre klug und wäre schick
zu üben eines nur: Kritik.
Um zu beweisen akkurat,

dass einer Kopf und drin was hat,
genügt als Zeichen der Kultur
mit ihm zu wackeln ständig nur.
Man deutet an mit diesem Nein,
all das, was ist, dürft so nicht sein.
Der Wahrheitsfindung wird gerecht
nur der, der findet etwas schlecht,
was nicht in Ordnung ist. Und drum
nennt jener auch den andern dumm,
unrealistisch, ja verrückt,
wenn der mal Ja sagt und auch nickt.
Nur eins findet er gut und wahr:
Drin in der Suppe jenes Haar.
Nun mein ich aber, die Kritik
muss, wenn sie kritisch ist, im Blick
das Ziel auch haben, Schönes sehen.
Kritik muss vor sich selbst bestehen.
Weil kritisch sein heißt, dass stets man
vor allem unterscheiden kann.
Das ist Kritik im besten Sinn
— bedenk das kritisch fürderhin —,
dass man dem, welches nicht gefällt,
was Besseres entgegenstellt.

‚Man kann sich unschwer vorstellen, welch große Mühe Scheibenzuber diesem seinen, wie er meinte, mit Herzblut geschriebenen kritischen Gedicht gewidmet hatte. So ist es nicht verwunderlich, dass er sich in seinem Innersten tief getroffen sah, als er dieses Opus ungeöffnet von Liz van der Schnack postwendend zurückbekam.

Aber wie schon angedeutet, wollen wir das weitere Schicksal Scheibenzubers nicht mehr verfolgen, wohl aber das Liz van der Schnacks, deren Wege sich nun also mit denen Hofeditzens kreuzten. Wie bei vielem im Leben hatte auch hier der Zufall seine Hände mit im Spiel. Ich muss ein paar kurze Zeilen vorausschicken. In Hendlfing gab es eine ausgezeichnete Metzgerei, die von einem gewissen Korbinian Gastl geführt wurde, welcher den besten Leberund Kalbskäs weit und breit herstellte. Auch Hofeditz, diesem Kenner des Landes, war das bekannt, und so benutzte er jede Gelegenheit, wenn er in der Nähe von Hendlfing war, um bei Korbinian Gastl im Laden eine Portion Kalbsoder Leberkäs zu verzehren und sich dann noch einige Pfund davon einpacken zu lassen.

Auch dieses Mal befand er sich wieder in der Nähe von Hendlfing und wollte bei Korbinian Gastl in gewohnter Weise einkaufen. Inzwischen war aber Folgendes geschehen: Korbinian Gastl war ehrenamtlich Trainer der ersten Jugendmannschaft des TuS Hendlfing tätig und hatte in seinen Reihen einen gewissen Timur Svenitschek, ein fußballerisches Ausnahmetalent. Dieser Bursche erzielte (wobei man anmerken muss, dass des TuS in einer niederen Klasse spielte) regelmäßig pro Spiel fünf bis zehn Tore. Der Ruf des Timur war bis zu einem der großen Fußballklubs in der Landeshauptstadt durchgedrungen, und so beschloss man, Timur zusammen mit seinem Trainer zu einem Probetraining einzuladen. Dabei begeisterte Timur Manager, Präsident und den Trainer der ersten Mannschaft gleichermaßen, und man bot ihm spontan einen Vertrag für die Profimannschaft an. Timur, der von Gastl seit seinen fußballerischen Anfängen in geradezu väterlicher Weise betreut worden war, überließ die Entscheidung ganz und gar seinem Mentor, meinte aber, dass er nur in die Landeshauptstadt ziehen würde, wenn Gastl als Betreuer mitkäme. Das war zunächst einmal sicher nicht im Sinne der Profifußball-Leute. Da aber Timur auf seiner Meinung beharrte, setzte man sich eine Woche später zu einem erneuten Gespräch zusammen. Inzwischen hatte der Manager des Klubs, der eine große Wurstwarenfabrik führte, in Erfahrung gebracht, welch hervorragender Metzger Gastl war. Daher fasste er sofort den Plan, Gastl in seiner Wurstwarenfabrik in der Landeshauptstadt in einer führenden Position zu beschäftigen. Damit waren alle zufrieden – doch Gastl musste praktisch von einer Minute zur anderen seinen Metzgerladen in Hendlfing aufgeben. In den frei werdenden Räumlichkeiten siedelte sich ein alternativer Buchladen an, der allerdings, das kann man sich vorstellen, in Hendlfing nicht unbedingt großen Zuspruch bekam.

Aus diesem Grunde versuchte die Besitzerin des Ladens, eine gewisse Wilhelmine Käfer, mit ein wenig ‚Action‘ auf sich aufmerksam zu machen. Was wäre wohl eine zugkräftigere Idee, dachte sie, als die derzeit berühmteste feministische Lyrikerin Liz van der Schnack zu einer Lesung mit Autogrammstunde einzuladen?

Obwohl das Ereignis in sämtlichen regionalen Zeitungen ausgeschrieben war, saß Liz van der Schnack zusammen mit Frau Käfer allein in dem Laden, bis – der Leser wird es ahnen – Hofeditz eintrat. Er war eigentlich auf der Suche nach einem guten Kalbskäs und fand –

Nein, meine Worte sind diesem Zusammentreffen nicht angemessen. Was sich hier abspielte, war fast ein geschichtliches Ereignis. Mir fällt in diesem Augenblick nichts Treffenderes ein als das aus dem Lateinischen stammende Wort fulminatio, das auch bedeutende Naturwissenschaftler in Zusammenhang mit der Weltgeschichte benützt haben. Und das bedeutet, dass etwas sozusagen aus heiterem Himmel einschlagen kann, unvorhergesehen, aber dennoch folgenschwer. Neben diesem naturwissenschaftlichen Begriff der fulminatio fühle ich mich aber auch an etwas Lyrisches erinnert, jene mit dem Begriff ‚Begegnung‘ überschriebene Zeilen des wohl zur Zeit bekanntesten bayerischen Mundartdichters Sven Usedom:

I hab in deine Äugerl g'schaut,
da war's um mich geschehn,
und fast hätt's mi vom Stangerl g'haut,
so iktisch is des gwen.

Der geballten sprachlichen Kraft dieser Zeilen ist eigentlich nichts mehr hinzuzufügen, es sei denn, man bleibt bei dem Wort ‚iktisch‘ hängen. In der Tat konzentriert sich das Mysterium dieser vier Zeilen auf diesen Begriff, über den sich inzwischen die Sprachgelehrten streiten Er taucht nämlich in keinem der vielen inzwischen entstandenen bayerischen Wörterbücher auf, und so ist es keine Frage, dass sich die Gelehrten erbitterte Streitgespräche liefern, was wohl mit diesem Wort von Usedom gemeint sei. Es gibt inzwischen die unterschiedlichsten Thesen.

Beginnen wir mit der wohl am weitesten hergeholten. Die Däniken-Schülerin Erwina Müller-Roßmüller behauptet, dass Usedom zu diesem Begriff gelangt sei, als er eine Besichtigung des schwäbischen Rieses vorgenommen habe, in dem bekanntlich vor vielen Jahrtausenden ein Meteoriteneinschlag stattgefunden habe. Und auf einem Stein sei, so behauptet jedenfalls Müller-Roßmüller, auf einem Stein also, der von Usedom gefunden worden sei, seien die Zeichen IKT eingeritzt, eine Botschaft der Außerirdischen an die Erdenbewohner, die Abkürzung für International Kosmos Telegram. Müller-Roßmüller behauptete, Usedom hätte ihr das einmal in einem verschlüsselten Brief anvertraut, der folgende Zeilen enthielt:

Deine Augen san wia Sternderl
und sie leuchten wia Laternderl
mitten in mei' Herz hinein.

Und die Schnuppn von dem Sternderl
is für mi als wia a Kernderl,
wia aa kloaner Lebenskeim.

Und die Botschaft von dem Sternderl,
die da aufgeht in dem Kernderl,
heißt: Ich kehre täglich ein.

Müller-Roßmüller bezog also ihre Theorie auf das »Ich kehre täglich«, abgekürzt IKT. Wie schon vorher bemerkt, dürfte diese Theorie ziemlich weit hergeholt sein, zumal der Inhaber des Lehrstuhls für Bavariaristik in der Limfjord-Universität in Finnland inzwischen in einem aufsehenerregendend Untersuchungsbericht einen fast lückenlosen Nachweis erbringt, dass dieser Brief von Usedom an Müller-Roßmüller eine Fälschung darstelle und eigentlich nichts anderes sei als eine Nachdichtung eines bei einem volkstümlichen Schlagerwettbewerbs an siebter Stelle gelandeten Liedes von einem gewissen Tobias Graßlfinger, das mit den Zeilen beginnt: ‚Dei Liab, mei Deandal, is a Laternderl, des wo i stets im Herzen trag.‘
Hier ist wohl nicht der Ort, über diesen sowohl philologischen als auch astronomischen Streit zu entscheiden. Der Vollständigkeit halber sei aber noch die wohl glaubwürdigste Theorie ge-

nannt. Sie stammt von dem bekannten klassischen Philologen Pfligersdorffer, der das Wort ‚iktisch' von dem lateinischen ictus für ‚Schlag, Hieb, Stich' ableitet. Mir persönlich scheint diese eigentlich so simple Erklärung die im wahrsten Sinne des Wortes schlagkräftigste zu sein. Denn wenn man die Biografie Usedoms studiert, stellt sich heraus, dass dieser zumindest bis zur sechsten Klasse das humanistische Mommsen-Gymnasium in Kiel besucht hat, und in der zweiten Lateinklasse wird ja bekanntlich die u-Deklination durchgenommen, bei der das Wort ictus zum obligatorischen Wortschatz gehört.

Nun aber wieder zurück zu unserer Haupthandlung. Hofeditz traf, um es noch einmal zu sagen, die Begegnung mit Liz van der Schnack wie ein ein Schlag, ein Hieb, ein Stich (zu Ihrer Erinnerung: ictus). Ebenso war es umgekehrt. Man könnte es ein wenig prosaisch auch als Liebe auf den ersten Blick bezeichnen, was sich just in diesem Moment abspielte.

Als, wie schon einmal erwähnt, einziger Zuhörer lauschte Hofeditz sodann der in besagter Buchhandlung stattfindenden Lesung Lizens, in der sie aus ihrer reichhaltigen Frauenliteratur etwa ein Stündchen lang vorlas. Dabei war Hofeditz besonders beeindruckt von den folgenden Zeilen:

Seit dem Urknall
vor zehn Milliarden Jahren
hat die Evolution eingesetzt.
Sie hat sich leider bis zum heutigen Tag
als eine frauenfeindliche erwiesen,
obwohl die Evolution rein grammatikalisch
selber feminin ist.
Nehmen wir also die Evolution
in unsere Frauenhände,
revolvieren wir sie
zur Revolution um.
Die Revolution ist feminin.
Es lebe die Revolution!

12. DIE REVOLUTION BRICHT AUS

Wieder mag dahingestellt sein, ob Hofeditz mehr von dem Inhalt dieser Zeilen angetan war oder von deren lyrischem Vortrag. Es traf ihn jedenfalls, um nochmals mit Usedom zu sprechen, geradezu iktisch, und er plante nun tatsächlich die Revolution. Wer aus den vergangenen Beschreibungen die Wesensstruktur Hofeditzens genau verfolgt hat, wird wissen, dass dieser nichts dem Zufall überließ und alles sorgfältig anging. Ganz bewusst gehe ich nicht auf die privaten, um nicht zu sagen intimen Beziehungen ein, die sich in der Folgezeit zwischen ihm und Liz van der Schnack abspielten. Das würde vom eigentlichen Gang der Handlung zu sehr ablenken, obwohl es auch da einiges zu berichten gäbe, was allerdings besser in das Programm eines privaten Fernsehsenders nach 23 Uhr passen würde. Es sei hier nur so viel festgehalten: Zunächst versprach Hofeditz Liz von der Schnack, dass die geplante Revolution in erster Linie eine Frauenrevolution sein müsse und werde. Er versprach ihr auch, dass bei Gelingen derselben das Land wieder seinen ursprünglichen femininen Namen ‚Bavaria' bekommen würde. Gleichzeitig würden zwei Drittel aller Ministerien von Frauen geleitet, und es werde auf allen politischen Ebenen Frauenbeauftragte geben.

Ebenso versprach er ihr eine noch gründlichere Reform der Sprache. Damit hatte Hofeditz ja bereits eine gewisse Erfahrung, wie ja der geneigte Leser dieses Buches in früheren Kapiteln erfahren hat. Doch dieses Mal sollte es, wie Liz das forderte, um die ‚Entmännlichung' der Sprache gehen. Dabei dürfe es nicht bei den Winzigkeiten bleiben, wie sie heute schon häufiger angewandt würden. Es reiche nicht, wenn ein ‚man sagt' halbherzig zu einem ‚man/frau sagt' umgewandelt würde.

Zu diesem Zweck wurde eine eigene Frauenkommission einzuberufen, die sämtliche Wörter auf versteckte Männerherrschaft untersuchen sollte. Beispiele dafür fanden sich zuhauf, man denke wir nur an Wörter wie ‚herrlich', ‚Herrscher' oder

‚verherrlichen'. Aber nicht nur diese mit zwei r geschriebenen Begriffe suchte die Kommission zu ersetzen. Sie stellte auch fest, dass auf dem Feld der Adverbien und Präfixe, wenn auch in der Regel mit nur einem r geschrieben, die männliche Übermacht geradezu erschreckende Züge trug, etwa bei Wörter wie ‚hervor', ‚bisher', ‚herauf' oder ‚heroben'. Daher empfahlen einige Mitglieder der Kommission, in Zukunft dafür die Ausdrücke ‚frauvor', ‚bisfrau', ‚frauauf' und ‚frauoben' zu verwenden.

Allerdings gab es gerade innerhalb der Kommission auch Widerstand gegen diese Pläne. Eine Dame namens Anna Herrmann hielt eine flammende Rede, in der sie sich gegen sämtliche oben angedeuteten Anträge aussprach. Sie begann mit der einleitenden Frage, ob sie nun in Zukunft mit ‚Frau Fraufrau' angeredet werden müsse. Dann folgte ein delikater Einwand: Sollte die Vorsilbe ‚her' einheitlich durch ‚frau' ersetzt werden, würde auch ‚herunten' in ‚frauunten' umgewandelt. Gerade damit werde eine (nicht zuletzt im Sexuellen) einseitige Stellung der Frau weiterhin zementiert, und das sei wiederum Wasser auf die Mühle der Männer.

Doch all diese bahnbrechenden Diskussionen sollten sich im Vergleich zu dem, was sich im Zusammenhang mit der Hofeditz-van-Schnacken-Revolution, pardon, Van-Schnacken-Hofeditz-Revolution, noch alles tat, geradezu als Kinkerlitzchen herausstellen.

Rufen wir dem geneigten Leser in sein Gedächtnis zurück, dass die Ministerpräsidentin Kohlhuber durch die Einführung von Flussmuscheln aus der Sempt als Zahlungsmittel nicht nur bei Naturschützern erheblichen Widerstand hervorgerufen hatte. Doch das allein hätte noch nicht zu einem Sturz der Ministerpräsidentin geführt. Es galt also für Hofeditz nachzuhaken.

Wie man aus der Geschichte weiß, können Bürger eines Landes oft unendlich geduldig sein, auch was Steuern anbetrifft. Plötzlich aber genügt die Erhöhung einer Steuer auf Waren, die man bis dato überhaupt nicht beachtet hatte, um eine Empörung von großem Ausmaß auszulösen.

Die Idee kam Hofeditz und Liz van der Schnack, als sie eines Tages bei einem Arbeitsfrühschoppen in einem renommierten Lokal in der Landeshauptstadt saßen. Hofeditz hatte für sich und Liz jeweils drei Weißwürste mit Breze bestellt, während seine Partnerin gerade auf der Toilette war. Als sie zurückkehrte, hatte der Ober das Bestellte bereits gebracht. Hofeditz war mehr als überrascht, als Liz einen schrillen Schrei ausstieß und dann stammelte:»Brezen, mein Gott, Brezen, weißt du denn nicht?« Erschrocken legte er den Arm um sie, das beruhigte sie nach mehreren Minuten. So erfuhr er, dass Liz an einer seltenen Krankheit litt, der sogenannten Brezenallergie. Diese ist weniger auf die Backwaren-Substanz der Breze zurückzuführen als vielmehr auf die Lauge, in die diese ja bekanntlich getaucht wird, woher ja auch ihr etwas längerer Name ‚Laugenbreze‘ rührt. Trotz vieler Besuche bei einschlägigen Ärzten war es den Liz' Eltern nie gelungen, diese Brezenallergie wirksam zu bekämpfen.

Ich sollte an dieser Stelle die Merkmale und Besonderheiten dieser Krankheit noch etwas näher beschrieben.Der akute Anfall tritt nämlich nicht nur beim Genuss von Brezen auf, sondern bereits bei deren Anblick. Die Allergie äußert sich außer in Form eines äußerst unangenehmen Juckreizes am ganzen Körper insbesondere in einem äußerlich sehr deutlich sichtbaren Merkmal: dem überdimensionalen Anschwellen der Nase. Liz van der Schnack erinnerte sich mit Entsetzen daran, dass sie in ihrer Kindheit, als sie noch ihr ‚Hehna bibi‘Lied vortrug, einmal einen Auftritt bei einem Frühschoppen im Giglbräu in Untergermeringen hatte. Während des Liedes waren Brezen serviert worden, und die Allergie setzte sofort ein. Die Nase schwoll auch spontan an, was beim Publikum, das aber nicht um die tieferen Zusammenhänge wusste, uneingeschränkte Heiterkeit hervorrief. Die meisten vermuteten nämlich einen Gag dahinter. Am schmerzlichsten ist Liz der Zuruf eines schon leicht angetrunkenen Zuhörers in Erinnerung geblieben, der ihr, als sie nach dem Auftritt ihre Kassetten zum Verkauf anbot,»Hallo, du kleiner Nasenbär« zurief.

Aber zurück zu jenem bemerkenswerten Ereignis, bei dem, wie gesagt, Liz van der Schnack von dem nichts ahnenden Hofeditz mit Weißwürsten und Brezen überrascht wurde. Hofeditz, von Liz über die Hintergründe ihres emotionalen Ausbruchs unterrichtet, äußerte ganz nebenbei den Gedanken, man müsse, wenn es noch mehr Leidtragende dieser Allergie gebe, ganz einfach Laugenbrezen überhaupt verbieten. Das war allerdings eine recht unpopuläre Maßnahme. Und so überlegte er, ob er nicht Frau Kohlhuber dazu bringen könnte, eine Brezensteuer von drastischem Ausmaß zu erheben.

Sobald sich eine Gelegenheit bot, brachte er der Ministerpräsidentin diesen Gedanken nahe und verquickte damit die Aussicht, dass das durch die Brezensteuer eingenommene Geld für einen sehr sinnvollen Zweck verwendet werden könne, nämlich um eine Zuchtanlage für die durch die Verwendung als Zahlungsmittel vom Aussterben bedrohten Semptmuscheln zu installieren (ob der eigentlich höchst kluge Hofeditz allerdings dabei auch an eine mögliche inflationssteigernde Wirkung gedacht hatte, lässt sich nicht feststellen). Kohlhuber, die durchaus auch als gelegentliche Brezenkonsumentin anzusprechen war, aber dennoch keine überdimensionale Leidenschaft für den Genuss dieser Backware entwickelt hatte, stimmte nach längerem Hin und Her zu. Hofeditz und Liz aber hegten dunkle Pläne. Als Handlanger bedienten sie sich dabei des schon hinlänglich vorgestellten Donald Dimpf, jenes Journalisten, den Kohlhuber in der besagten Krawattenangelegenheit zutiefst beleidigt hatte. Dimpf, das wusste Hofeditz, war der Cousin des wohl bekanntesten bayerischen Brezenbäckers Alfons Eberl, der sich sogar rühmte, seit Jahrzehnten den Vatikan jeweils zu Weihnachten, Ostern und Pfingsten mit bayerischen Brezen zu beliefern. Als Beweis dafür hatte er in seinem Geschäft eine Urkunde hängen, die in lateinischer Sprache abgefasst war und laut Eberl eine Belobigung des damaligen Kurienkardinals Joseph Ratzinger, des späteren Papstes, für Eberls ausgezeichneten Brezen darstelle. Unter vorgehaltener Hand sei allerdings angemerkt, dass der pensionierte Studiendirektor Ludwig Bayerle, der jahrzehntelang an einem Gymnasium Latein unterrichtet hatte, bei einem Einkauf im Laden Eberls nach sorgfältigem Übersetzen sechs Grammatikfehler festgestellt hatte. Unter anderem wäre das Wort adiuvare für

‚helfen' mit Dativ statt mit Akkusativ verwendet worden. »So was ist ja ein Pennäler-Fehler«, hatte Bayerle kommentiert und die Vermutung aufgestellt, dass das nie und nimmer die Handschrift eines so gescheiten Mannes wie des Kardinals Ratzinger sein könne.

Wir wollen aber hier nicht philologisch zu sehr in die Tiefe gehen. Tatsache ist, dass Eberls Ehrgeiz, der beste Brezenbäcker Bayerns, wenn nicht der ganzen Welt zu sein, durch die geplante Brezensteuer Gefahr lief, erschüttert zu werden. Eberl hegte nämlich den sehr realistischen Verdacht, gewisse Großkonzerne würden nun, um diese Steuer zu umgehen, brezenähnliche Produkte auf den Markt bringen, die aber den Begriff Breze nicht mehr rechtfertigen könnten. Eberl war jedenfalls empört über die Pläne der Regierung. Da traf es sich gut, dass anlässlich einer Familienfeier, nämlich des 55. Geburtstags von Eberls Gattin Laura Kreszentia, die ganze Verwandschaft zusammenkam, sodass Eberl auch seinen Cousin Donald Dimpf treffen würde. Es lässt sich unschwer erraten, was der wichtigste Gespärchsstoff der beiden während der Feierlichkeit war: Eberl bat Dimpf flehentlich um Mithilfe im Kampf gegen die geplante Brezenbesteuerung. »Du bist doch einer der angesehensten Journalisten in unserem Lande«, schmeichelte er Donald, »wenn einer das schafft, dann bist du es. Außerdem«, fügte er hinzu, »habe ich von meinem letzten Aufenthalt in China eine herrliche Krawatte für dich mitgebracht, auf ein Drache dargestellt ist, der sich mit einem riesigen Vogel paart. Ich habe mir gedacht, dieses Bild ist symbolisch für dich. Auf der einen Seite der Riesenvogel, den ich als Pegasus deute, auf der anderen Seite der Mut des Drachen. Für mich bist du, lieber Cousin Donald, alles in einer Einheit.«

Wie schon angedeutet, war Dimpf Schmeicheleien nicht unzugänglich, und nach ein paar gemeinsam genossenen Gläsern Wein sicherte Dimpf seine Mithilfe bei Eberls Plan zu, die Brezensteuer zu Fall zu bringen. Mit dem Ausruf »Die muss Federn lassen, ganz gewaltige, die Goaß, die«, verabschiedete sich der Zeitungsmann zur späten Mitternachtsstunde leicht torkelnd aus der Familienfeier. Diesem Zustand ist es wohl auch anzulasten, dass Donald sich bei dem zoologischen Vergleich für die Ministerpräsidentin etwas unpassend ausdrückte, weil eine Geiß zwar zweifelsohne ihres Haarschmuckes, aber nicht ihrer Federn beraubt werden kann.

Es spricht nun für die Redlichkeit Donald Dimpfs, dass er sich seines Ehrenwortes erinnerte und in der Folgezeit tatsächlich ein gerüttelt Maß seiner journalistischen Fähigkeiten darauf verwandte, in jedweder Form gegen die Brezensteuer Stellung zu beziehen. Dank seiner guten Verbindungen prangten konnte man in mehreren Boulevardblättern bald Parolen lesen wie: ‚Bratzen weg von unseren Brezen!‘. Auch mehrere private Rundfunkanstalten hatte er schnell auf seine Seite gezogen. Der in der Nähe von Erding gelegene Ort Brezen entwickelte sich innerhalb kürzester Zeit zu einer Aktionsstätte wider die Brezensteuer. Keine Frage, dass der Brezener Bürgermeister Lamplseder zu einer Kultfigur wurde. Durch geschickte Agitation sorgte Dagobert Dimpf auch dafür, dass bei sämtlichen Veranstaltungen, in denen die Ministerpräsidentin auftrat, irgendjemand ein Plakat dabeihatte mit Sprüchen wie: ‚Wer Brezen besteuert, ist bescheuert‘ oder ‚Brezenfreunde, Brezenesser: Kämpft für Brezen bis aufs Messer!‘ Und so kam es dann auch manchmal vor, dass die Ministerpräsidentin geradezu ausgepfiffen wurde, und da und dort erscholl schon einmal ein »Kohlhuber weg, hat kein' Zweck«.

Die Breze wurde innerhalb kürzester Zeit zu einem Symbol des Widerstandes gegen Kohlhubers Führung, die schon längerez Zeit bei manchen Unwille erregte. So hefteten sich einige ebenjenes Backwerk möglicherweise nur als Vorwand aufs Panier, um etwas ganz anderes anzustreben, nämlich die Wiederherstellung des Königtums. Kein Wunder also, dass sich auch ein bayerischer Schriftsteller namens Lodermann dieser Bewegung nicht nur anschloss, sondern sich geradezu zu ihrem Wortführer machte.

13. DER KÖNIGSTREUE

Lodermann hatte in seiner Jugend eigentlich ein ganz anderes Berufsziel gehabt. Er wollte Feuerwehrhauptmann werden, musste diesen Traum aber aufgeben, als sich herausstellte, dass er, ähnlich wie Liz von der Schnack eine Brezenallergie, eine Rauchallergie hatte. Das wurde zum ersten Mal in seiner Ministrantenzeit offenkundig: Jedes Mal, wenn bei einer feierlichen Messe der Weihrauchkessel geschwenkt wurde, bekam er einen nicht enden wollenden Niesanfall. Lodermanns Eltern erzählten noch jahrelang von einer Festmesse anlässlich des 175 jährigen Bestehens des Kegelvereins ‚Saunagl‘, bei der sogar der Weihbischof zugegen war. Der kleine Quirin, so hieß Lodermann mit Vornamen, hatte schon beim Einzug von der Sakristei in die Kirche einen eigenartigen Niesreiz verspürt, sich aber mannhaft bemüht, denselben zurückzuhalten. Beim ersten Schwenken des Weihrauchfasses wurde es ausgesprochen schlimm, aber noch immer hielt sich Quirin zurück. Zur Entladung des angestauten Niespotentials kam es dann ausgerechnet, als der Weihbischof die Fürbitten vorlas, und zwar genau an der Stelle, wo es hieß:»Lasst uns beten für alle Mitglieder und Freunde des Kegelvereins Saunagl.« Während das Volk ein »Wir bitten dich, erhöre uns« murmelte, platzte Qurin mit unglaublicher Vehemenz los. Der Weihbischof schaute etwas missbilligend auf den kleinen Ministranten, der einen hochroten Kopf bekam. Er wiederholte noch einmal dieselbe Fürbitte, und wieder konnte Quirin nicht mehr an sich halten und gab ein brüllendes »Hatschi« aus der Nase frei. Nach einem vergeblichen dritten Anlauf gab der Weihbischof schließlich kopfschüttelnd auf und las nun in Eiltempo, sichtlich aus dem Konzept gebracht, den Rest der Messe herunter.

Keine Frage, dass die Feierlichkeit des Kegelvereins durch dieses Missgeschick erheblich getrübt wurde. Da half es auch nichts, dass der Vater Lodermann, der selbst Mitglied bei den ‚Saunägeln‘ war, wenn auch kein aktives, eine Runde Freibier zahlte. Das Verhältnis zwischen dem Verein und der Familie Lodermann blieb seit jener Zeit getrübt, und ein paar Monate später wurde Lodermann vom Vorstand des Kegelvereins, einem gewissen Sebastian Gugelfischer, mehr oder weniger der Austritt aus dem Verein nahegelegt, welchen jener dann auch mit der Bemerkung »Des wollt i eh scho lang tun« sichtlich gekränkt vollzog.

Ein zweites Mal wurde man auf die Rauchallergie des kleinen Quirin in einem ganz anderen Sachzusammenhang aufmerksam. Ein Onkel Quirins war mehr oder weniger ein hobbymäßiger Pyromane, wenn auch nicht in dem strengen Sinne des Wortes, dass er irgendwelche größere Dinge in Brand setzte. Er, um es salopp zu sagen, zündelte lediglich gerne herum. Das hatte ihm in seinem Bekanntenkreis den Spitznamen ‚der Fünkerl' eingetragen. Der Fünkerl, wie wir ihn jetzt auch nennen wollen, war dafür bekannt, dass er jedem, der rauchen wollte, sofort bereitwillig die Zigarette, Zigarre oder Pfeife anzündete – und das, obwohl er selbst überzeugter Nichtraucher war. Rasch hatte es sich in der ganzen Nachbarschaft herumgesprochen, dass man dem Fünkerl einen riesigen Gefallen erwies, wenn man ihn dazuholte, sobald es irgendetwas zum Anzünden gab. Allerdings schränkte sich schon zu seiner Zeit das Betätigunsfeld nach und nach ein – immer mehr kamen die Elektroherde und die Fernheizung auf. Zu Weihnachten konnte er sein pyromanisches Geschick noch da und dort beim Anzünden eines Christbaumes unter Beweis stellen, aber selbst auf diesem Gebiet drohten ihn die elektrischen Kerzen allmählich überflüssig zu machen. So suchte sich Fünkerls Leidenschaft mit immer größerer Fantasie neue Ventile. Stunden-, ja tagelang trieb er sich auf Friedhöfen herum, um ausgegangene Grablichter neu zu entfachen. Oft hatte er sogar ein paar billige Grabkerzen dabei, die es ja bekanntlich immer wieder zu bestimmten Jahreszeiten als Sonderangebot in Großmärkten gibt. Weniger aus einer Art frommer Totenverehrung heraus als vielmehr aus ebenjenen pyromanischen Gelüsten verteilte er dieselben an den Grabstätten und zündete sie an.

In seiner pyromanischen Leidenschaft entschloss er sich eines

Tages, den Beruf des Mesners auszuüben. Denn bei einer solchen Tätigkeit ergeben sich bekanntlich eine ganze Menge von Möglichkeiten, mit Feuer in Berührung zu kommen – Kerzen anzünden etwa oder mit der Glut im Weihrauchkessel hantieren. Weil nun Fünkerl von Haus aus durch seltsame Schicksalsverquickungen altpresbyterianischen Glaubens war, sodass in unserem Lande keine adäquate Stelle in diesem Bereich aufzutreiben war, entschloss er sich, zum katholischen Glauben überzutreten. Doch auch diese neuen Möglichkeiten, seiner Leidenschaft zu frönen, genügten dem Fünkerl alsbald nicht mehr. Da der Besuch bei Werktagsmessen in der Pfarrei, in der er wirkte, immer noch spärlicher wurde, sah sich der Pfarrer veranlasst, diese erheblich zu reduzieren.

Bei der Lektüre eines Buches zum Thema Brauchtum kam Fünkerl schließlich eine im wahrsten Sinne des Wortes zündende Idee. Es gab doch so viele alte Bräuche, in denen Feuer eine bedeutende Rolle spielte, beispielsweise die im Lande schon fast in Vergessenheit geratene Tradition, am Sonnwend- oder Johannitag über ein Feuer zu hüpfen. Wenn ein junges Paar Händchen haltend über das Feuer sprang, hatte das beinahe schon den Charakter einer Verlobung.

Auf seine eigenen Kosten hatte Fünkerl das Johannisfeuer auf der Dietmar-Schmidbachner-Wiese organisiert und sogar eine große Werbeaktion dafür gestartet – bei seinem bescheidenen Mesnergehalt geradezu ein finanzielles Abenteuer. Man erspare mir, dass ich all die Schwierigkeiten aufzähle, die zu überwinden waren, um die Genehmigung der Feuerpolizei zu bekommen.

Der geneigte Leser wird erkannt haben, warum ich mich mit dem Fünkerl etwas ausführlicher beschäftigt habe. Ausgerechnet bei diesem Johannisfeuer passierte es.

Selbstverständlich waren auch die Lodermanns einschließlich des Quirin vertreten. Der stand damals allerdings noch im vorpubertären Alter, sodass er keine Partnerin für den Sprung über das Feuer hatte und sozusagen nur als Zaungast mitwirkte. Während der ersten halben Stunde hielt er sich noch in einem etwas größeren Abstand zu den lodernden Flammen auf. Aber nur so lange bis seine ältere Cousine, die mit sechzehn Jahren bereits weit über zwei Zentner wog, mit dem Untermieter ihrer Familie, dem etwa 27-jährigen arbeitslosen Lehrer Michael van Daehlen, Hand in Hand den Sprung antreten wollte. »Des muss ich sehen«, schrie Quirin und näherte sich dem Ort des Geschehens, als die beiden Anlauf nahmen. Kaum war er jedoch so nahe gekommen, dass die Rauchgase auf seine empfindlichen Riechorgane einzuwirken begannen, löste das ein ohrenbetäubendes Niesen aus. Wie es die unglücklichen Umstände wollten, entstand das Getöse (anders kann man es nicht bezeichnen) just in dem Auenblick, als seine schwergewichtige Cousine, die im übrigen den Namen Nadine trug, zum Absprung ansetzte. Durch den Nieser ihres Cousins ganz offensichtlich heftig erschreckt, verpasste sie denselben, während der sie fest an der Hand haltende Michael van Daehlen unbeirrt absprang. Der geneigte Leser wird es ohne größere physikalische Kenntnisse unschwer erraten, dass hier das Gesetz der Schwerkraft sein Recht forderte. Van Daehlen, der eher zwergwüchsig und untergewichtig war, wollte zwar Nadine retten, konnte aber nicht verhindern, dass sie in das Flammenmeer geriet, ja, dass auch er selbst in dieses zu stürzen begann. Um ein Haar wäre ein großes Unglück passiert, und nur das beherzte Zugreifen Fünkerls verhinderte Schlimmstes, der beide aus den Flammen zog und mit seiner neuen Sportmütze, auf der die Zeichentrickfigur Fred Feuerstein abgebildet war, wild auf die brennende Kleidung des Paares einzuschlagen begann und – Gott sei es gedankt – auch der Flammen Herr wurde. Es dürfte nachvollziehbar sein, dass die Fred-Feuerstein-Mütze durch die Rettungsaktion erheblichen Schaden nahm und, obwohl sich Nadines Mutter anbot, dieselbe zu flicken, Fünkerl nie mehr einen rechten Gefallen daran bekam, sie auf seinem Haupt zu tragen. Was lag aber für Fünkerl näher, als dass er sich endlich bei einer sich bietenden Gelegenheit wenigstens noch ein letztes Vergnügen damit bereitete. In seinem Heimgarten, den er nicht zuletzt deshalb gemietet hatte, um hier immer wieder ein Feuer entfachen zu können, steckte er sie auf eine Stange und, nachdem er sie mit etwas Benzin übergossen hatte, zündete er sie an.

Kehren wir wieder zu Quirin Lodermann zurück, der nach diesem Niesanfall in der Sonnwendfeier zu ahnen begann, dass er für das spätere Berufsziel des Feuerwehrhauptmanns nicht geeignet wäre. An den aufgezeigten Beispielen mit dem Weihrauchfass und dem Johannisfeuer mag das hinreichend deutlich geworden sein. Nachdem er also seine ursprünglichen Berufswünsche hatte begraben müssen, wandte er sich mit einer für sein jugendliches Alter geradezu unglaublichen Energie und größtem Interesse sich der Geschichte europäischer Herrscherhäuser zu. Eine entscheidende Bedeutung hatte für diese Entwicklung Quirins Begegnung mit einer gewissen Frau Eleonore Käsbohrer. Frau Käsbohrer war die einzige Tochter des Ehepaars Käsbohrer, das in der Sommersbergerstraße ein Schreibwarengeschäft besaß. Dieses Schreibwarengeschäft war – dabei handelte es sich um eine besondere Vorliebe des alten Herrn Maximilian Käsbohrer – voll von Postkarten, auf denen die Könige und Königinnen, Prinzen und Prinzessinnen Bayerns abgebildet waren, daneben gab es Bilder von Schlössern und königlichen Besitztümern aller Art. So saugte Frau Käsbohrer diese Königsliebe sozusagen schon mit der Muttermilch ein, denn auch Frau Käsbohrer senior empfand eine tiefe Zuneigung zum bayerischen Herrscherhaus. Die Ehe der Käsbohrers war zwar nicht eine ausnehmend glückliche, aber diese Gemeinsamkeit festigte das Band zwischen den Eheleuten auch während gewisser Krisen immer wieder.

Als der junge Quirin Lodermann einmal in der Schreibwarenhandlung eine größere Menge an Briefumschlägen besorgte, schenkte ihm Eleonore Käsbohrer eine Postkarte mit dem Bild eines ehemaligen bayerischen Herrschers (ich konnte nicht in Erfahrung bringen, um wen es sich gehandelt hat) und sprach dazu den bedeutungsvollen Satz: »Das war halt noch einer.« Diese Worte übten einen nachhaltigen Eindruck auf den noch unverbildeten Quirin aus. Seit jener Zeit nutzte er jedwede Möglichkeit, Einkäufe bei den Käsbohrers zu tätigen. Sowohl die alten Käsbohrers als auch Eleonore Käsbohrer, die – das habe ich vergessen anzumerken – im elterlichen Laden mitarbeitete, freuten sich über das rege Interesse dieses jungen Menschen und förderten es immer wieder durch das Verschenken von einschlägigen Postkarten.

Eines Tages ereignete sich etwas, was für das Leben Quirin Lodermanns eine ganz entscheidende Wende bedeutete. Als er wieder einmal den Laden betrat, schaute ihn Herr Käsbohrer lange Zeit schweigend an und meinte dann geheimnisvoll: »Heut zeig ich's dir.« Dann holte er einen Schlüssel aus einer Schublade heraus und sperrte damit einen Kasten im Laden auf. Daraus holte er ein altes Blatt Papier hervor, auf dem in für Quirin unleserlichen Buchstaben etwas stand.

»Da schau her«, ermunterte ihn Käsbohrer, »da schau her. Weißt, was das ist?«

Der Quirin schüttelte den Kopf und war schon geneigt zu sagen:

»Ein Blatt Papier halt«. Aber er schluckte diese Bemerkung Gott sei Dank hinunter. Womöglich hätte sie dazu geführt, dass Herr Käsbohrer das Schriftstück zornig wieder in dem Kasten verwahrt hätte und der kleine Quirin so nie den entscheidenden Anstoß erhalten hätte, der ihn auf seinen späteren Lebenspfad führte. Man sieht wieder einmal, wie Kleinigkeiten – man denke an den Anfang unserer Abhandlung – die Wirklichkeit bestimmen.

Nach ein paar Sekunden, die dem kleinen Quirin wie eine Ewigkeit vorkamen, sagte Herr Käsbohrer endlich: »Das ist eine Urkunde. Das wird dir wenig sagen. Aber jetzt zeige ich dir etwas ganz Besonderes«, und er wies auf einen kaum leserlichen Schriftzug auf dem Blatt.

»Schau her, das ist die Unterschrift vom König Ludwig II.« Dann schaute er den Quirin lange schweigend an.

Endlich sagte er· »Weißt, was das bedeutet?« Der Quirin schüttelte den Kopf.

»Das kannst auch gar nicht ahnen, Bub«, sagte der alte Käsbohrer, »das bedeutet, dass das die Unterschrift vom König Ludwig II. ist, verstehst, vom König Ludwig II., original, so wie er wirklich geschrieben hat, mit seiner eigenen Tinte und seinem eigenen Schriftzug. Verstehst, was das bedeutet?«

Was blieb dem Quirin anderes übrig, als mit dem Kopf zu nicken und »Ui« zu sagen, »ui, wirklich!«

»Ja, da schaust«, wiederholte Käsbohrer, »da schaust. Und weißt, wem die Urkunde gehört?«

»Ihnen?«, fragte der Quirin.

»Richtig«, sagte Käsbohrer, »du bist ein gscheites Bürscherl, mir gehört die Urkunde, ich hab die Urkunde mit der Originalunterschrift vom König Ludwig II. Kannst du dir vorstellen, was das für mich bedeutet, etwas zu haben, wo der König selber unterschrieben hat, mit seinem eigenen Namen? Aber das kannst du dir wahrscheinlich selber noch nicht vorstellen, da bist du noch zu jung dazu, dass du weißt, was das bedeutet, wenn ein König selber mit höchsteigener königlicher Hand seinen Namen unter was geschrieben hat und man so eine Kostbarkeit im Besitz hat. Schau noch einmal genau hin, ich tu's wieder in den Schrank hinein, weil das Licht könnte dem Dokument schaden, und es könnte verblassen. Also, a halbe Minute darfst noch draufschauen, dann tu ich's weg.«

So sprach der Herr Käsbohrer, und der Quirin schaute tatsächlich eine halbe Minute schweigend auf das Blatt. Dann sperrte der Schreibwarenhändler das kostbare Stück wieder in den Schrank, wandte sich anschließend dem kleinen Quirin zu und legte den Finger an den Mund.

»Gell, jetzt habe ich dich was Bsonderes sehen lassen. Sag es aber nicht allen Leuten weiter, sonst könnt ich mich nicht mehr retten da herin.«

So weit also die Vorgeschichte von Quirin Lodermann. Ich überspringe einige Jahre in dessen Leben und kehre wieder zum ursprünglichen Gang unserer Handlung zurück. Um es kurz zu sagen, Lodermann spielte bald eine entscheidende Rolle im Widerstand gegen die Ministerpräsidentin und trat im »Brezenkrieg«, wie man diese Ereignisse schon bald nennen sollte, in die erste Reihe der Kämpfenden. Dabei ist es wichtig zu wissen, dass es ihm nicht einfach um den Sturz der Frau Kohlhuber ging, sondern er neue Ideale und Idole auf seine Fahnen geschrieben hatte. Zwar diente die Brezensteuer weiterhin als Einstieg für viele Gespräche, die der unglaublich quirlige Quirin allerorten mit jedem führte, von dem er meinte, dass er in ihm einen Verbündeten gewinnen könne. Aber dabei blieb es nicht. Lodermanns ‚Ceterum censeo', die Quintessenz aus all seinen politischen Überlegungen, war der Ruf:»Was uns fehlt, ist ein König« oder

»Unter unserm König wär das nicht passiert«.

In diesem Zusammenhang sollte ich erwähnen, dass Lodermann weniger an einer Wiedereinführung oder Renaissance der Monarchie an sich interessiert war, und erst recht nicht daran, dass das alte Herrschaftsgeschlecht des Landes wieder ans Ruder käme. Er hatte ganz andere Pläne, und die entstanden folgendermaßen: In seinem

25. Lebensjahr lernte Quirin anlässlich des Besuches bei seiner Tante Mathilde Remscheid, geborene Dengelmann, eine nicht mehr ganz junge Frau kennen, die vier von der Tante bestellte Pizzas lieferte. Nur nebenbei sei bemerkt, dass Frau Mathilde Remscheid eine besondere Vorliebe für Pizzas mit Thunfischbelag hatte.

Besagte Pizzalieferantin, eine gewisse Tamara Cnk begann, als sie von Frau Mathilde Remscheid zu einem Aquavit eingeladen wurde, ein wenig von sich selbst zu erzählen. In diesem Zusammenhang könnte der Hinweis von Interesse sein, dass Frau Remscheid (ich weiß nicht, ob ich bereits erwähnt habe, dass sie mit Geburtsnamen Dengelmann hieß) in erster Ehe mit einem Schweden namens Knut Hemul verheiratet gewesen war, der eine besondere Vorliebe für Aquavit gehabt hatte. Nach seinem frühen Dahinscheiden mit 22 Jahren hatte er seiner Frau etwa drei Hektoliter davon vererbt.

Frau Cnk erzählte also, dass sie aus dem Kaukasus stamme und ihre Vorfahren mit einiger Sicherheit verwandtschaftliche Beziehungen zum russischen Zarenhaus gehabt hätten. Worauf Quirin Lodermann die Ohren spitzte, denn alles, was mit Herrscherhäusern zu tun hatte, interessierte ihn mittlerweile brennend. Als Tamara Cnk sich verabschiedete, steckte ihr Quirin heimlich ein Zettelchen zu, auf dem er sie inständig um ein Wiedersehen bat. Er schlug vor, dass dasselbe am nächsten Dienstag um 19.45 Uhr in der Gaststätte Schienhammer stattfinden sollte.

Pünktlich um 19.45 Uhr war dann auch Quirin da und wurde sogleich von dem Wirt, dem Pächter der Gaststätte Schienhammer, einem gewissen Theo Schwäbler, mit einem freundlichen »Grüß Gott, Herr Lodermann« empfangen. »Ich soll Ihnen einen schönen Gruß von einer gewissen Frau Cnk bestellen«, fügte er hinzu. »Sie kann jetzt noch nicht kommen, weil sie bis um 21.15 Uhr Pizzas ausfahren muss, indem dass eine zweite Kraft heute ausgefallen ist. Aber wenn sie so lange warten wollen, hat die Frau Cnk gemeint, dann würde sie schon noch kommen. Setzen Sie sich halt her, Herr Lodermann, wir hätten heute eine schöne Schlachtplatte, wenn ich Ihnen die empfehlen darf.«

Quirin Lodermann bestellte sich daraufhin tatsächlich die Schlachtplatte, um anschließend von Theo Schwäbler in ein längeres Gespräch über das Rebhuhnsterben in Trostberg und Umgebung verwickelt zu werden. Das war derzeit das Lieblingsthema des Wirts, denn er hatte in dieser Gegend ein kleines Grundstück geerbt, wohin er jeden Montag (das war der Ruhetag bei Schienhammer) fuhr. »Ich halte es für unverantwortlich, dass man bei uns den Rebhühnern systematisch den Garaus bereitet. Rebhühner gehören schließlich zu einer guten bayerischen Kulturtradition. Die werden schon noch sehen, wohin sie kommen«, schimpfte Schwäbler gerade, als auch schon Tamara Cnk vor ihnen stand.

»Da bin ich«, sagte sie, »und was gibt's jetzt?«

»Wollen Sie eine Schlachtschüssel mitessen?«, fragte sie der geschäftstüchtige Theo Schwäbler.

»Ja, Frau Cnk, bestellen Sie sich eine Schlachtschüssel, ich lad sie dazu ein«, ermutigte sie auch Quirin Lodermann, der natürlich auch seine Hintergedanken hatte.

Frau Cnk, deren Ernährung sich in den letzten Jahren hauptsächlich aus Pizza Margherita und Pizza quattro Stagioni zusammengesetzt hatte, sagte nicht ungern Ja, und so verlief der erste Abend der Begegnung zwischen ihr und Lodermann in äußerst angenehmer Atmosphäre.

Lodermann gelang es, Tamara Cnk noch wesentlich mehr Details aus aus ihrer Familiengeschichte herauszukitzeln, und am

Ende war er sich ziemlich sicher, dass diese Frau tatsächlich eine entfernte verwandtschaftliche Beziehungen zum russischen Zarenhaus hatte. Sie sei, sagte sie sogar, jederzeit in der Lage, das auch schlüssig nachzuweisen.

Ich übergehe hier die gründlichen Recherchen, die Lodermann über die adelige Vergangenheit von Tamara Cnk anstellte. Ich möchte nur in der gebotenen Kürze so viel erwähnen, dass sie teilweise im Rahmen weiterer Begegnungen erfolgten, die in der Regel beim Schienhammer stattfanden. Lodermann legte nun Wert darauf, dass man sich für diese Art Gespräche etwas separiert setzen konnte, und so stellte Theo Schwäbler dem Paar meist den Kegelraum zur Verfügung. Dieser war lediglich am Donnerstag regelmäßig belegt, wenn sich beim Schienhammer der Stammtisch ‚Die Grafenauer' traf. Der Stammtisch nannte sich so, weil das älteste Mitglied desselben, ein gewisser Egon Hammelberger, aus Grafenau stammte. Es würde hier allerdings zu weit führen, das äußerst verwickelte Lebensschicksal von Hammelbergers Tochter zu erzählen, die mit einem gewissen Gerhard Geistele verheiratet war, dem Sohn des früheren Stadtverwaltungsbeamten Robert Geistele.

Kurz und gut, Quirin Lodermann entschloss sich bereits nach einigen Monaten, Tamara Cnk einen Heiratsantrag zu machen, auch wenn diese über zehn Jahre älter war als er und auch nicht gerade das darstellte, was man im landläufigen Sinn eine Schönheit nennt. Lodermann hatte, als er ihr diesen Antrag machte und bald darauf tatsächlich die Hochzeitsglocken läuteten, einen ganz bestimmten Gedanken: Er wollte selbst etwas von ihrem Adelsflair übernehmen, um möglicherweise, so weit spekulierte er bereits, bestimmte Herrschaftsansprüche anmelden zu können.

So kamen Lodermann die Entwicklungen im Lande gerade recht, insbesondere dass die Ministerpräsidentin den großen Fehler der Brezenbesteuerung unternommen hatte. Lodermann, der sich nun Lodermann-Cnk nannte (seine Gattin hatte den Namen Cnk-Lodermann gewählt), besprach alles aufs Ausführlichste mit Tamara. Diese hatte auf sein Anraten hin ihre Stellung beim

Pizzaschnelldienst aufgegeben und widmete sich nun ganz und gar der Re-Monarchisierung des Landes, wie es Lodermann ausdrückte. Dazu hatte er einen Stufenplan entwickelt. Zunächst einmal sollte ein Volksbegehren die Brezensteuer abschaffen. Mit unsäglichem Fleiß malten LodermannCnk und Cnk-Lodermann die entsprechenden Plakate und gründeten mit den vorher schon erwähnten Sympathisanten, allen voran Bäcker Eberl, die Partei der Brezenfreunde. Man erspare mir hier die Schilderung der vielen weiteren Aktivitäten der beiden.

14. DAS MUSICAL

Am 18. Oktober jenes geschichtsträchtigen Jahres fand das Volksbegehren statt und wurde zu einem vollen Erfolg. Das war ein schwerer Schlag für die Ministerpräsidentin. Die Opposition des Landes, die sich selbstverständlich mit dem Volksbegehren identifiziert hatte, jubelte. Lodermann-Cnk war über Nacht zu einem gefeierten Helden geworden, und die Ministerpräsidentin musste ganz offziell die Brezensteuer zurückziehen.

Zunächst wollte sie das in aller Heimlichkeit tun, aber Hofeditz, der inzwischen das ganze Spektakel aus einem gewissen Abstand verfolgt hatte, riet ihr, wider besseres Wissen und mit durchaus bösen Absichten, daraus einen Staatsakt zu machen. Für den Auftritt entwarf er ihr eine Rede, die wiederum ein Meisterwerk aus seiner Feder darstellte.

Der Professor für Bayerische Literatur und wichtigste Berater Kohlhubers war in eine Zwickmühle geraten. Einerseits bot sich endlich die Gelegenheit, die Ministerpräsidentin zu stürzen; andererseits bestand die große Gefahr, dass nun die Königstreuen die Früchte seiner, wie er meinte, so klug eingefädelten Pläne ernten würden und er selbst leer ausging.

Er überredete Frau Kohlhuber in langen Gesprächen, sie solle in diesem Lande die Rolle der Evita Perón spielen. Die legendäre einstige First Lady Argentiniens genoss bekanntlich fast göttliche Verehrung und avancierte schließlich,sozusagen als Krönung, zur Hauptfigur eines Musicals. Uns so versprach nun auch Hofeditz, dass er Erkundigungen einziehen wolle, um einen entsprechenden Texter und Komponisten für ein großes Kohlhuber-Musical ausfindig zu machen. Voraussetzung dafür wäre, dass er, Hofeditz, das Amt des Intendanten sämtlicher Opernhäuser und Theater im Lande übernehme, dass er also sozusagen Super-Intendant werde.

Kohlhuber wusste, dass das sehr schwierig zu bewerkstelligen sein würde, denn in dem Lande gab es seit Jahren eine sehr fähige Persönlichkeit, die als ‚Kulturpapst' galt. Dieser Mann, ein gewisser Anton Severing, hatte nicht nur die führende Postition an den staatlichen Theatern in der Landeshauptstadt, sondern auch eine fast allgemein anerkannte Autorität.

In seiner Jugend war Severing ein bekannter Tänzer gewesen, der seine ersten Ballettstunden bei einer gewissen Tatjana Walewska in Sylt genommen hatte.

Walewska war die Besitzerin des legendären Ziegenstalls in Kampen, in dem in den 1960er-Jahren ein Transvestit, der unter dem Namen ‚Tarantel' auftrat, seine großen Triumphe gefeiert hatte. Mit bürgerlichem Namen hieß er Josef Maier und hatte sich auf Drängen von Tatjana Walewska sogar zu einer Geschlechtsumwandlung hinreißen lassen. Sie hatte ihm nämlich versprochen, dass er dann jeden Abend als Höhepunkt des Programms in ihrem Ziegenstall die Arie der Carmen ‚Die Liebe vom Zigeuener stammt' singen dürfe.

Walewska hielt ihr Versprechen tatsächlich, und so erscholl jeden Abend um 23.56 Uhr die Arie, begleitet von den Kastagnetten-Rhythmen zweier weiterer Transvestiten, eines gewissen Thorsten Meyjr, und schließlich eines gewissen Hannes Burgmeier, der sich allerdings wohl nicht der gleichen aufwendigen Operation wie Maier unterzogen hatte.

Zehn Jahre fanden diese Galaauftritte der ‚Tarantel' im Ziegenstall statt. Lediglich im siebten Jahr gab es einen Wechsel, als Burgmeier wider jedes Erwarten eine bürgerliche Ehe mit Frau Thea Brandl, geborene Feurig, aus Tegernsee einging, die eine Pension von ihrer Tante geerbt hatte.

Wie schon vorsichtig angedeutet, kam allerdings nach zehn Jahren das plötzliche Aus für die Arie der Carmen beziehungsweise der Tarantel. Frau Walewska verliebte sich nämlich in einen Kurgast, einen Medizinstudenten namens Lutz Tran, dem sie bei einem ihrer täglichen Strandläufe von Kampen nach Hörnum begegnet war.

Tran, der inzwischen für die Gesundheitspolitik des Landes an höchster Stelle verantwortlich ist, verbrachte seinerzeit jede freie Sekunde auf Sylt, und zwar seit Jahren mit einem großzügigen Zuschuss der Kurverwaltung Kampen. Dort hatte man nämlich bemerkt, dass Trans Körper, den er nach guter Sylter Tradition stets unverhüllt präsentierte, eine große Anziehungskraft auf Mann und Frau, auf Jung und Alt ausübte. Die Kurverwaltung arrangierte es außerdem geschickt, dass Tran nicht immer zur selben Zeit auf den Strandpromenaden lustwandelte, sondern jeden Tag zu einer anderen Stunde erschien. So verbrachten die Menschen in Erwartung des wahrhaft umwerfenden Anblicks den ganzen Tag auf der Promenade, sogar bei schlechtem Wetter, und diese war somit rund um die Uhr bestens frequentiert. Das wiederum erfreute die ansässigen Gastronomen, deren Absatz der einheimischen Spezialität, Lister Sandkuchen mit ostfriesischem Tee, konstant auf hohem Niveau blieb.

An diese Auftritte von Lutz Tran, an denen sich die Sylter und ihre Besucher fünf Jahre erfreuen durften, erinnern bis heute einige Lieder, die bei lustigen Anlässen auf der Insel immer noch gern gesungen werden.

Eines davon lautet:

Morgens schon auf der Tribüne
sitzen Mann und Weib
und erwarten an der Düne
Tran und seinen Leib.
Auch die Nordseewellen
trecken an die Buhnen an,
wollen Tranens Leib entdecken,
heiß wie ein Vulkan.

Es soll an dieser Stelle nicht verschwiegen werden, dass sich in dieser Zeit sogar eine Art Sylter Gstanzln entwickelten, von denen eines lautete:

Walewska hatte einen Tran,
der hatte meistens gar nichts an.
Am Tag er sich nicht genierte
und nachts im Ziegenstall die Frau'n verführte.

Kein Wunder also, dass Walewska auf ihre Eroberung sehr stolz war. Doch ihr Glück währte, wie schon erwähnt, lediglich fünf Jahre. Dann lernte Lutz Tran in der Hauptstadt unseres Landes die junge Lehrerin Maria Onken kennen. Maria war, da ihre Tante der ‚Heldorfer Schwesternschaft' angehörte, eher streng erzogen und hatte keinerlei Verständnis für die Strandgänge ihres – der Leser wird es schon erahnt haben – künftigen Gemahls. So verlor die Ferieninsel praktisch von einem Tag auf den anderen eine ihrer größten Attraktionen.

Doch zurück zu Anton Severing. Er stellte sich als wahres Multitalent heraus und war sowohl musikalisch als auch dramaturgisch tätig. Es würde wirklich zu weit führen, die Verdienste dieses Mannes aufzuzählen, der nun plötzlich durch eine mehr als fragwürdigen Entscheidung der sich sehr absolutistisch gebärdenden Ministerpräsidentin seines Amtes enthoben wurde. Genau genommen wurde er gar nicht seines Amtes enthoben, er bekam nur Hofeditz vor die Nase gesetzt. Das aber ließ er sich selbstverständlich nicht gefallen und kündigte spontan.

Zuvor ließ er es aber noch zu einem Eklat kommen, indem er aus Protest gegen die Ministerpräsidentin in Tagund Nachtarbeit ein Drama entwarf, genauer gesagt eine Komödie, die sich mit den Zuständen in diesem Land befasste. Keine Frage, dass darin auch das Brezen-Edikt der Ministerpräsidentin zur Sprache kam. Dieses Stück führte Severin bereits vierzehn Tage nach der Beendigung des Entwurfes an der größten Bühne in der Hauptstadt auf. Die besten Darsteller des Landes hatten sich aus Respekt vor ihm bereit erklärt, daran mitzuwirken.

Das Stück wurde zu einem triumphalen Erfolg, besonders die dafür eigens komponierten Lieder. Schon bald sangen sie die Leute auf der Straße. Besondere Bekanntheit erlangte der Refrain des legendären Schlussliedes aus dem zweiten Akt, der da lautete:

Erna, Erna,
fahr doch mal nach Palermo
und bring uns dann als großen Hit
ein paar Pfund resche Brezen mit.

Das war also die Ausgangssituation für die Rede der Ministerpräsidentin, die ich bereits erwähnt habe und auf die ich noch mit
einigen Zeilen eingehen möchte. Hofeditz hatte sich, wie schon
angedeutet, höchst fleißig mit historischen Schriften befasst und
dabei ganz besonders die sogenannte Leichenrede des Perikles,
diesen Lobeshymnus auf das alte Athen, aufs Genaueste analy-
siert. Nach denselben Gesichtspunkten baute er nun diese, man
darf es ruhig so sagen, Apotheose seines Landes auf, die Erna
Kohlhuber vor dem Volk sprach. Am darauffolgenden Abend
fand die mit Spannung erwartete Premiere des Musicals ,Erna',
statt. Es spricht auch für das dramaturgische Talent Hofeditzens,
dass er dafür den größten Zitherclub des Landes,»Die Alpenrös-
erl« unter der Leitung von Erich Mühlbauer, als Ausführende en-
gagiert hatte. Die Musik kombinierte auf höchst eindrucksvolle
Weise Motive aus dem originalen Evita-Musical mit beliebten
Volksliedern wie dem bekannten ,Auf de Alma, da gibt's Kalma'. Sie war ein Werk des mit dem Hartmut-Gärtner-Preis ausgezeichneten Komponisten Waldemar Zweigle-Rosenbusch.
    Den Höhepunkt dieses Werkes stellte der Hymnus Ernas an
ihr Land dar, der folgendermaßen lautete:

Sieh, geliebtes Land, mich an!
Was hab ich für dich getan?
Hab gesaugt als Kind voll Lust
an der teuren Heimatbrust.
Säug nun dich, geliebtes Land,
ging und gehe Hand in Hand
mit dir wohl durch dünn und dick.
Sorge mich um dein Geschick.
Wandre über Berg und Höh,
ich durchquere See um See,
streife jauchzend durch dein Feld.
Heimat, du bist meine Welt.
Ich denk nur an dein Gedeihn.
Lass mich deine Mutter sein.

Ich muss wohl nicht eigens hinzufügen, dass das Nationalthe-
ater an dem einzigen Abend eine größere Tränenflut aufzuwei-

sen hatte als einst der Film ‚Titanic' während seiner gesamten Laufzeit. Und das Musical wäre auch tatsächlich ein riesengroßer Erfolg geworden, wenn nicht …

Doch bevor wir gemeinsam dem weiteren Gang der Handlung folgen, sollte ich einige interessante Details nachtragen. Zweigle-Rosenbusch, der Komponist, hatte die Exfrau des Hochspringers Winfried Steigauf geheiratet. Deren Ehe war nicht, wie einige vermuteten, durch einen Seitensprung des gut aussehenden Athleten in die Brüche gegangen. Der Grund war vielmehr dessen über viele Jahre geübte Gewohnheit, nach jedem zweiten Satz stereotyp den Spruch folgen zu lassen:»So is des wohl, g'hupft wie g'sprunga, g'sprunga wie g'hupft, Schnupftabak g'schnupft, Weiber verzupft.«

Diese Angewohnheit wirkte sich prinzipiell bei Leichtathletikwettkämpfen, also während des Steigauf'schen Hochsprungs, praktisch nicht störend aus. Sie hatte keinerlei Auswirkungen auf die Landung des Sportlers und erregte auch bei Sportstammtischen und ähnlichen geselligen Veranstaltungen, wie sie mit sportlicher Betätigung nicht selten verknüpft sein, keinerlei Anstoß. Für gewisse Probleme sorgte Steigaufs Angewohnheit allerdings im Bereich der beruflichen Betätigung seiner Frau Elvira. Diese war nämlich Klubsekretärin bei der hoch angesehenen Vereinigung der Rotarier. Daher wurde Frau Elvira Steigauf nicht selten zusammen mit ihrem Mann zu diversen Festveranstaltungen eingeladen.

Exemplarisch für eine Reihe von ähnlichen Vorfällen sei kurz umrissen, was sich bei einem Treffen mit den römischen Rotariern abspielte. Solche Treffen fanden im Turnus von zwei Jahren statt. Die Steigaufs hatten die Ehre, am Tisch des deutschen Präsidenten und der italienischen Präsidentin zu sitzen. Die Unterhaltung wurde teils auf Italienisch, teils auf Deutsch geführt. Zunächst hielt sich Steigauf, vor allem in Unkenntnis der italienischen Sprache, etwas zurück. Mit zunehmendem Genuss des vorzüglichen Rotweins, der kredenzt wurde, löste sich dessen Zunge. Ich sollte hinzufügen, dass dieser Wein im Garten der römischen Präsidentin selbst angebaut wurde.

Die Präsidentin erzählte gerade, dass ihre Tochter eine begeisterte Pferdespringerin war. Als Steigauf das Wort ‚springen‘ vernahm, löste das bei ihm den schon angedeuteten Reflex aus, und er zitierte seinen Lieblingsspruch:»So is des wohl, g'hupft wie g'sprunga, g'sprunga wie g'hupft, Schnupftabak g'schnupft, Weiber verzupft.«

Die Präsidentengattin, eine geborene Tanja Rödelsee, hörte das kopfschüttelnd an und versuchte sofort, das Gespräch in andere Bahnen zu lenken. Sie erzählte von den neuesten Forschungen ihres Schwagers, des weltberühmten Gynäkologen Professor Dr. Dr. Dr. Rainer Weissenbacher, bei dem seit geraumer Zeit die Königshäuser dieser Welt entbinden ließen, sodass man alsbald mit Recht wird behaupten können, dass alle gekrönten Häupter sein Leben ihm verdanken. Als sie aber schließlich auf den gegenwärtigen Stand der Eisprungtheorie einging, gab es für Steigauf kein Halten mehr. Das Wort ‚Sprung‘ löste bei ihm geradezu zwanghaft erneut den Standardspruch aus:»So is des wohl, g'hupft wie g'sprunga, g'sprunga wie g'hupft, Schnupftabak g'schnupft, Weiber verzupft.«

Die Präsidentengattin, die sich nur sehr ungern in der Erläuterung ihrer Theorien stören ließ, sah Steigauf missbilligend an. Steigauf jedoch deutete den Blick offensichtlich ganz anders und begann zu berichten, warum er im Jahre 1974 die Qualifikation zu den olympischen Spielen verfehlt hatte.

»Ich hätt's ja locker im Gesäß g'habt«, begann er seine Ausführungen,»locker hätt i's g'habt.«Er stand auf und deutete auf sein entsprechendes Körperteil.»Der Hochsprung ist vor allem eine Angelegenheit des Gesäßes, da hätt sich bei mir nichts g'fehlt, weil ich schon von Kindesbeinen an meine Gesäßmuskeln trainiert hab. Die sind wichtig. Da tät mir der Herr Doktor Professor Weißmantel sicher auch recht geben, auch wenn er bloß ein Kynologe ist. Aber hinten sind die Weiber und die Manner ja gleich, was ihr Gesäß anbetrifft«, lachte er.»Nichts für ungut, meine Damen«, meinte er beschwichtigend,»es ist halt so: G'hupft wie g'sprunga, g'sprunga wie g'hupft, Schnupftabak g'schnupft, Weiber verzupft.«

Die Präsidentengattin begann immer mehr zu hüsteln, die italienische Präsidentin aber, die nicht viel verstand und bei der lustigen Stimmlage Steigaufs einen Scherz vermutete, klatschte Beifall.

Das gezeigte Interesse der Präsidentin animierte Steigauf, der dem gestifteten Wein immer mehr zusprach, zusehends ausführlicher das Wort zu ergreifen, auch wenn ihm seine Frau inzwischen immer vernichtendere Blicke zuwarf.

»Also damals«, begann er wieder, »damals bei den Olympischen Spielen, da hat man doch diesen Dings, na wie heißt er denn gleich, bloß nominiert, weil er einen Seitensprung mit der Gattin von einem der einflussreichsten Funktionäre hatte. Der Dings, na wie heißt er denn gleich, hat angedroht, dass er die Sache auffliegen lässt, wenn er nicht berücksichtigt wird. Dabei hab ich ihn doch damals noch vorher an dem Sportfest in Dings, na wie heißt das denn gleich, um sage und schreibe achteinhalb Zentimeter übersprungen.« Steigauf brachte ein weiteres Mal seinen Lieblingsspruch an und fuhr dann fort:

»Das hat keinen überrascht, wirklich keinen, dass der dann beim Wettkampf schon in der Vorentscheidung rausgefallen ist, der Dings. Wahrscheinlich hat ihm das aber nichts ausgemacht. Da hat er sich bestimmt gleich ins Bett der Funktionärsfrau begeben, weil ihr Mann doch bei den Wettkämpfen zuschauen musste, und im Bett hat's mit dem Springen bestimmt ganz anders geklappt als bei den Wettkämpfen.« Er lachte lauthals auf.

Einige an dem großen Tisch versammelten Rotarier beziehungsweise Rotarierinnen begannen allmählich aufzustehen und sich unter irgendeinem Vorwand anderswohin zu begeben. Das hinderte Steigauf aber nicht, gleich noch eine andere Geschichte zum Besten zu geben.

»Also«, begann er wieder, »das ist zwar keine Geschichte von einem Hochspringer, aber von einem Stabhochspringer, die ist letzte Woche erst in Dorfen bei Erding passiert. Da ist doch bei einem ganz gewöhnlichen Leichtathletiksportfest am Abend auch Stabhochspringen am Programm gestanden. Auch ein Vereinskamerad von mir, ein gewisser Edmund Zwirrl, mit zwei rr geschrieben, hat mitgemacht, er ist bisher eigentlich nicht besonders aufgefallen, ist halt, wie man so sagt, mit dem Haufen gesprungen. Und was glauben Sie, was da bei dem Abendsportfest in Dorfen bei Erding passiert ist? Ich weiß nicht«, er schaute in die nur mehr spärlich besetzte Runde, »ob die Damen und Herren Rotarer, ob die überhaupt wissen, was der Weltrekord im Stabhochsprung ist. Der liegt so bei etwas über sechs Metern. Ja, und dieser Edmund Zwirrl, stellen Sie sich vor, der stellt da einen fantastischen Rekord von sieben Meter einundzwanzig auf. Aber das Ganze hat einen Haken gehabt. Aha, werden jetzt die anwesenden Damen und Herren Rotarer sagen«, und er schaute wieder in die Runde, »wahrscheinlich war kein internationales Kampfgericht nicht da. Aber das stimmt nicht, denn es waren eine ganze Reihe von den NOKlern da. Weil nämlich an dem Abend auch ein Asylant aus Kasachstan gelaufen ist, der wo jetzt in der Nähe von Dorfen wohnt, und der hat seinen Weltrekord im Dreitausend-Meter-Hindernislauf vorausgesagt. Aber da ist nichts draus geworden, weil die Dorfener aus Versehen einen zu langen und viel zu tiefen Wassergraben gebaut haben, und beinahe wäre der Kasachstaner da drin sogar ersoffen, weil er nicht so weit springen konnte. Die Kasachstaner sind halt Spezialisten und lernen bloß eine einzige Sportart, bloß Laufen zum Beispiel, aber nicht Schwimmen. Aber jetzt frage ich Sie noch einmal, wissen Sie, warum dem Zwirrl, mit zwei rr geschrieben, sein Weltrekord nicht anerkannt worden ist? Da kommt keiner von euch drauf, obwohls ihr ja sonst so g'scheid tuts, ihr Rotarer. Ich will's euch sagn: Der Zwirrl, mit zwei rr geschrieben, der hat bei seinem Weltrekordversuch vergessen, seinen Stabhochsprungstab zu benutzen. Und ohne Stabhochsprungstab ist der Rekord nicht gültig. Haha, was sagts jetzt da dazu?«

Und wieder prustete er lauthals los, bekam schier einen Lachkrampf, trank einen Schluck Wein, und dann, vor lauter Lachen, spuckte er denselben genau auf das weiße Kleid der italienischen Präsidentin von den Rotariern, die nun auch schön langsam keinen Spaß mehr verstand. Steigauf aber ging einfach zu ihr hinüber und versuchte, ihr mit einer Serviette den Rotwein abzuwischen, indem er sie tröstete: »Macht nix! »G'hupft wie g'sprunga, g'sprunga wie g'hupft, Schnupftabak g'schnupft, Weiber verzupft.«

Es braucht nicht mehr ausführlich geschildert werden, dass Steigauf auf das hin zusammen mit seiner Gattin sanft aus dem Abendmeeting hinauskomplimentiert wurde und sie längere Zeit keine Einladung mehr zu einer solchen Veranstaltung bekamen. Wie gesagt, es gäbe noch einige dieser Geschichten zu berichten, aber der Leser kann sich anhand des etwas ausführlicher Geschilderten leicht vorstellen, dass Steigauf eine gewisse Nervenbelastung für seine Frau darstellte und diese Ehe siebzehn Jahre nach ihrem Entstehen in die Brüche ging. Diese Frau Steigauf war nun, wie gesagt, die Gattin des Komponisten Waldemar Zweigle-Rosenbusch, der das Musical für die Staatssekretärin komponiert hatte.

Um ein Haar wäre der nun so wohlausgeklügelte Plan Hofeditzens auch aufgegangen und das Musical hätte mit dem exemplarisch geschilderten Text für eine große Rührung beim Volk gesorgt und landesweit gewiss so viele Aufführungen erlebt wie der ‚Brandner Kasper' von Kurt Wilhelm. Aber es sollte bei der Premierenaufführung bleiben, denn Lodermann, über den wir ja ausführlich berichtet haben, hatte von der ganzen Sache Wind bekommen und einen Gegenplan entwickelt. Selbstverständlich zusammen mit seiner Gattin, der Frau Cnk, der wir ja auch schon einige Zeilen unserer Erzählung gewidmet haben.

Lodermann hatte in Erfahrung gebracht, dass für Bühnenheizung und säuberung ein gewisser Erich Schoberl verantwortlich war. Wie es der glückliche Zufall wollte, hatte er schon vor mehreren Jahren die Bekanntschaft Erich Schoberls und seiner Frau Martha, einer geborenen Krückwasser, anlässlich eines Kroatien-Urlaubs in Kovasada gemacht. Dank Erich Schoberl war Lodermann also in der glücklichen Lage, jederzeit in das Premiere gelangen zu können. Ehrlichkeitshalber weihte er Schoberl, den er im Übrigen längst zu einem Königstreuen bekehrt hatte, in seinen Plan ein. Man erspare mir die Schilderung der Vorbereitungen, die für diesen Abend notwendig waren, damit alles so ablaufen konnte, wie ich es jetzt kurz schildern werde. Das Musical begann mit einer furiosen Overtüre. Der erster Akt mit seinen wunderschönen Arien schilderte den langsamen und mühevollen Aufstieg des kleinen Landmädchens Erna Kohlhuber an die höchste politische Spitze und endete mit einem riesigen Szenenbeifall. Nun folgte der zweite Akt, der das schwere Amt einer Ministerpräsidentin zeigte. Eine besondere Rolle spielten darin diverse Intrigen eines Mannes, den der Schöpfer dieses Stückes Rammstaller nannte.

Nun sollte der Höhepunkt folgen. Das Theatervolk hatte sich protestierend vor dem Balkon der Ministerpräsidentin versammelt, aufgestachelt durch jene Intrigen. Und nun sollte Erna Kohlhuber auf dem Balkon erscheinen und die besagte großartige Arie von Waldemar Zweigle-Rosenbusch singen.

Doch es kam anders, denn Lodermann war mit einigen Getreuen hinter die Bühne vorgedrungen und verhinderte den Auftritt, indem man die Hauptdarstellerin kurzerhand in ihre Garderobe einsperrte. Dafür begab sich die Gemahlin Lodermanns, Frau Cnk-Lodermann, auf den Balkon und las ein unter Mithilfe des Bäckers Eberl und seines Cousins Dimpf verfasstes Pamphlet gegen die Brezensteuer vor. Das Geniale bei der Angelegenheit war nun, dass sich Lodermann bereits in die Proben und Generalproben eingeschlichen hatte, was, wie der geneigte Leser ja inzwischen weiß, nur durch die Bekanntschaft mit den Schoberls möglich war. Bei dieser Gelegenheit hatte er den großen Hymnus ,Sieh, geliebtes Land, mich an' mitgeschnitten. Lodermann beziehungsweise seine Gattin, Frau Cnk-Lodermann, trug nun ein Lied vor, das dieselbe Melodie wie der Hymnus hatte, wohl aber einen etwas abgeänderten Text aufwies.

Sieh, geliebtes Land, mich an,
was hab ich für dich getan?
Ich kam auf den Steuertrick,
ich besteure Dünn und Dick.
Ich führ Brezensteuer ein
und will eure Breze sein.
Auf die Alma und im Tal
Brezensteuern sind normal. S
o besteur ich alle Welt,
Brezensteuer bringt viel Geld.

Zunächst herrschte auf die Darbietung der Frau Cnk-Lodermann etwa 43 Sekunden betretenes Schweigen. Dann kam schallendes Gelächter, Beifall, Pfeifen, Fußgetrampel. Die Leute sprangen von ihren Sitzen, johlten, schrien. Alles endete schließlich mit einem fast halbstündigen Beifallsprotest.

Da war es keine Frage, dass die Zeitungen am nächsten Tag voll von diesem Ereignis waren. Lodermanns Lied wurde in Windeseile bekannt. Wohin man auch ging, hörte man immer wieder den Refrain ‚Ich will deine Breze sein'.

Wie schon eingangs dieser Erzählung geschildert, können oft ganz kleine Anlässe der Grund für revolutionäre Ereignisse sein. In diesem Falle war es jene Hymnenparodie, die den Ausschlag gab, dass Frau Ministerpräsidentin Erna Kohlhuber schon wenige Tage später abdankte. Da Kohlhuber gelernte Braumeisterin war, entschloss sie sich, fürderhin in der Getränkeversorgung des Landes tätig zu werden, was ihr bald wieder ein gewisses Wohlwollen beim Volk im Lande einbrachte.

Mit dem Rücktritt der Ministerpräsidentin war nun auf den ersten Blick für Lodermann und seine königstreuen Absichten freie Bahn entstanden. Wie der Leser unserer Geschichte weiß, spielte in Lodermanns Denken Frau Cnk-Lodermann eine entscheidende Rolle. Lodermann wollte sie aufgrund ihrer adeligen Herkunft als die Lichtgestalt unseres Landes aufbauen, sich selbst aber sozusagen in ihrem Windschatten, ohne dass er selbst eine adelige Geburt für sich beanspruchen konnte, als Monarchen des Landes etablieren. Das war selbstverständlich nicht innerhalb kürzester Zeit möglich, und so stellte sich die Frage, wer wohl nach den herrschenden Mehrheitsverhältnissen die Nachfolge der zurückgetretenen Ministerpräsidentin antreten könnte.

15. DER PROZESS

Da war guter Rat teuer. Manche dachten an eine Rückkehr des früheren Ministerpräsidenten Schlammberger alias Fangomontana, der nun seit einiger Zeit in Mexiko eine glückliche Regentschaft führte. Eine entsprechende Anfrage lehnte dieser aber ab. Daraufhin versuchte man Schustereder zu reaktivieren Dieser aber fühlte sich nach wie vor in seinem Gesangsduo so wohl, dass er nicht im Traum daran dachte, seinen sicheren Beruf als Alleinunterhalter zugunsten des unsicheren Postens als Ministerpräsident an den Nagel zu hängen. Auch wenn ich einräumen muss, dass er, genau genommen, nur ein halber Alleinunterhalter war; doch die Rolle des Partners in diesem Duo ist ja in den vorhergehenden Kapiteln hinreichend gewürdigt worden. Auf diese Weise kam man zu einer Verlegenheitslösung. Es gab da den schon 91 jährigen Georg Quirl, vulgo Quirl-Schorsch, Stadtrat in der Landeshauptstadt. Dieser hatte festgestellt, dass die meisten seiner Mitbürger die Hymne des Landes nicht beherrschten und es für sie höchst peinlich war, wenn sie einmal in die Verlegenheit kamen, dieselbe singen zu müssen. Daher hatte er Noten und Text auf ein Papierblättchen von beichtzettelgroßem Format gedruckt und auf der Rückseite sein Foto mit einer entsprechenden Werbung für sich angebracht. Seltsamerweise hatte er aber diese Wahlwerbung nicht auf seine Stadtratstätigkeit bezogen, sondern gab die kühne Parole aus:»Bürger fordern vehement: Georg Quirl wird Präsident!« Georg Quirl benutzte auch sonst jede Gelegenheit, sich an der Öffentlichkeit zu präsentieren. Er war aber ohne Zweifel auch, das muss man ihm zubilligen, einer der fleißigsten Politiker des Landes. Sein Tagesplan reichte vom morgendlichen Start bei der Frühwallfahrt der Gemeinde Sankt Achaz nach Altötting (wobei Georg Quirl sogar die ersten dreieinhalb Kilometer zu Fuß mitging) über die Neueröffnung der Toilette auf dem Ferdinandplatz, über die 33 Jahrfeier des Frisiersalons Günter, über die Vorstellung einer

Neuzüchtung einer Frucht (die einer Tomate ähnlich war, aber anstatt der dünnen Tomatenhaut harte Wahlnussschalen aufwies und daher vor Verzehr erst geknackt werden musste), über die Präsentation einer Kreation des Modeschöpfers Filzeder (eine Krawatte, die nicht vorne, sondern hinten getragen wurde), über die Begrüßung des neuen Muezins der islamischen Gemeinde, weiter über die Auszeichnung des ältesten Kindergartenkindes der Stadt, die Kostprobe synthetischer Weißwürste – und so weiter, und so fort.

Jeder Mann, jede Frau kannte Georg Quirl, der noch dazu alle Jahre wieder einen großen Faschingsball veranstaltete. Bei diesem erhielten alle Bürger der Stadt, die einen Stammbaum bis ins dreizehnte Jahrhundert nachweisen konnten, freien Eintritt. Die Ballbesucher, denen das nicht gelang, mussten allerdings das Doppelte zahlen.

Georg Quirl vertrat eigentlich überhaupt keine politische Meinung, und das machte ihn auch bei der Opposition ziemlich beliebt. Man wusste im Endeffekt gar nicht mehr, welcher Partei er angehörte. So kam es auch nicht überraschend, dass man sich in einer Nachtund Nebelaktion auf Georg Quirl als Ministerpräsidenten einigte. Wobei hinter vorgehaltener Hand – oder auch ohne vorgehaltene Hand – überall die Rede davon war, dass es sich um einen »Übergangsministerpräsidenten« handle.

Doch man weiß aus der Geschichte, dass Verlegenheitslösungen oft zu überraschenden Dauererfolgen werden können. Und möglicherweise wäre Georg Quirl auf lange Zeit Ministerpräsident geblieben, hätte sich nicht seine frühere Sekretärin, eine gewisse Roswita Sedlatschek, zu Wort gemeldet. Welche Motive sie auch immer bewegten, sie machte genau ein Monat nach Quirls Amtsübernahme in einem Boulevardblatt dunkle Andeutungen, ihr liege belastendes Material über den neuen Ministerpräsidenten vor.

Das wirkte sich auf die politische Situation im Lande katastrophal aus, einige Zeitungen sprachen bereits von der ‚Quirl-SchorschLeaks‘-Affäre. Quirl wurde von den Journalisten aufgefordert, eine Stellungnahme über sein früheres Privatleben abzugeben. Er weigerte sich aber standhaft, etwas zu sagen, bevor er nicht wisse, um welche Art von Vorwürfen es sich handle. Darüber aber wollte Frau Roswita Sedlatschek vorläufig keine Auskünfte geben.

So ergingen sich die Presseleute in den abenteuerlichsten Vermutungen. Eine der auflagestärksten Zeitungen im Land bezeichntete Sedlatschek als neue Lola Montez. Das schien allerdings bei näherem Zusehen unplausibel, denn Frau Roswita Sedlatschek war 71 Jahre alt. Die Affäre, die sie Georg Quirl vorwarf, musste sich kurz vor ihrem Ausscheiden aus ihrem Beruf abgespielt haben, und auch damals war sie immerhin bereits 64 Jahre alt.

Georg Quirl, der sich, wie ich hier anmerken muss, keiner Schuld bewusst war, vermutete nun eine Art Erpressung. Er traf sich an geheimem Ort mit Roswita Sedlatschek, um die Affäre in aller Stille mit einer größeren Geldsumme aus der Welt zu schaffen. Das lag aber offensichtlich gar nicht in der Absicht der ehemaligen Sekretärin Quirls. Sie lehnte ein großzügiges Angebot des Ministerpräsidenten mit dem Hinweis ab: »Um das geht es mir nicht. Ich will nur eine Rechtfertigung.«

Da war guter Rat teuer. Warum und wie sollte er sich denn rechtfertigen?

Die Paparazzi aber hatten sich inzwischen auf Frau Sedlatschek Spuren gesetzt, und eines Tages brachte eine der Zeitungen Andeutungen über die Hintergründe. Als Knallüberschrift war auf der ersten Seite zu lesen: ‚Der Ministerpräsident wird sich anschauen‘. Und darunter stand: ‚Mein Kleid ist das Beweisstück‘.

Die breite Öffentlichkeit war mittlerweile davon überzeugt, dass Frau Sedlatschek recht hatte. Sonst hätte sie ja nicht, so war man sich sicher, in aller Öffentlichkeit von belastendem Material gesprochen.

‚Der geneigte Leser wird an dieser Stelle fragen, was mit zwei wichtigen Gestalten unserer bisherigen Erzählung, nämlich Hofeditz und Lodermann, geschehen war.

Lodermann bereitete nach wie vor zusammen mit Frau Cnk-Lodermann eine Remonarchisierung des Landes vor.

Hofeditz, der sich inzwischen darüber klar geworden war, dass er in der aktuellen politischen Landschaft auf dem normalen Weg nicht an die höchste Stelle gelangen könnte, wartete eine günstige Gelegenheit für einen Staatsstreich ab. Dabei kam ihm natürlich die Quirl-Schorsch-Leaks-Affäre wie gerufen. Nach wie vor hatte er gute Verbindungen zur Presse. Vielleicht bessere denn je, denn er hatte es fertiggebracht, einen gewissen Alfred Weihnacht auf den Posten eines Chefredakteurs des ‚Hermes' zu bringen. Weihnacht war studierter Theologe und hatte eine Ausbildung bei den Jesuiten genossen, der man nachrühmt, dass diese die Grundlage für einen präzisen Denkvorgang liefere.

Und er enttäuschte Hofeditz nicht. Innerhalb kürzester Zeit machte sich Weihnacht, nicht zuletzt aufgrund seiner satirischen Ader, einen Namen als aggressiver, kritischer Journalist. In dieser Eigenschaft kratzte er nun mehr oder weniger täglich, wo auch immer sich eine Gelegenheit bot, am Image des Ministerpräsidenten Georg Quirl. Egal, was dieser tat, Weihnacht fand ein Haar in der Suppe. Der ‚Hermes' brachte jeden Tag in den viel beachteten Leitartikeln, die der Chefredakteur meist selbst schrieb, einige satirische Zeilen über Quirl.

So entschloss sich der Ministerpräsident, in der Kleid-Leaks-Affäre, wie sie jetzt auch genannt wurde, die Flucht nach vorn anzutreten. Den entscheidenden Rat hatte ihm einer seiner engsten Vertrauten gegeben, ein gewisser Leonhard Pinsel, ein alter Stadtratskollege.

Pinsel hatte eigentlich von Geburt an statt des S ein K im Namen geführt, sich aber schon in jungen Jahren aus verständlichen Gründen um eine Namensänderung bemüht. Vielleicht hatten ihn nicht zuletzt die frühkindlichen Verspottungen, denen er aufgrund seines Namens ausgesetzt war, zu einem mit allen Wassern gewaschenen Menschen heranreifen lassen. Jedenfalls erläuterte Pinsel dem Ministerpräsidenten ausführlich, dass es das Beste sei, eine Klage gegen Frau Sedlatschek einzureichen. Nach langem Überlegungen folgte Quirl diesem Rat.

Es ist unschwer zu erraten, dass dieser Schritt des Ministerpräsidenten ein enormes Presseecho auslöste und dass sich Frau Sedlatschek nun in die Enge getrieben sah. Um den Fluss der Handlung nicht zu stören, wollen wir einige Stationen, die sich auf dem juristischen Sektor abspielten, überspringen.

Es kam zu einer Gerichtsverhandlung, deren Höhepunkt die Forderung von Quirls Rechtsvertreter war, Frau Sedlatschek möge das Corpus delicti, das Kleid, vorlegen. Das tat sie dann auch, brach aber gleichzeitig in Tränen aus. »Schauen Sie her«, rief sie, »das ist das Detrimentum.«

Frau Sedlatschek benützte aus unerklärlichen Gründen, ohne ansonsten der lateinischen Sprache mächtig zu sein, das lateinische Substantiv detrimentum für ‚Schaden'.

»Das ist das Detrimentum«, rief sie also schluchzend und verwies auf ein apfelgroßes Loch am Oberarm des im Übrigen dunkelblauen Kleides, das man eher als altmodisch bezeichnen könnte.

»Ja, und was hat es damit auf sich?«, fragte der Richter.

»Das ist ja eben die Geschichte«, rief Frau Sedlatschek, »das ist es ja eben. Da sehen Sie, was mir dieser ...«

Sie setzte zu einem Schimpfwort an, wurde aber vom Richter gebremst und mäßigte sich.

»... was mir, Entschuldigung, der Herr Ministerpräsident Quirl, aber damals war er ja noch gar nicht Ministerpräsident, angetan hat.«

»Wollen Sie damit sagen«, fragte der Richter, »dass dieses, äh, Detrimentum, wie Sie sich auszudrücken pflegen, durch eine, äh, sexuelle Belästigung zustande gekommen ist?«

»Schmarrn!«, meinte Frau Sedlatschek halb weinerlich, halb ärgerlich. »Der und sexuell, da hast ja anziehen oder ausziehen können, wasd' wollen hast. Einmal bin ich sogar mit einem Halbdurchsichtigen erschienen, aber der hat es nicht gespannt. Belästigung, dass ich nicht lache. Ich hab mir das Halbdurchsichtige damals eigens von meiner Schneiderin, der Frau Pröll-Meitinger, machen lassen. Ich hab mich fast ein wenig geschämt, aber das hätten Sie sehen sollen. Das war vielleicht ein Kleid! Zweifarbig war es, orange und gelb, die halbdurchsichtige Stelle war gelb.

Den ganzen Tag bin ich damit herumgelaufen und hab ihm sogar den Kaffee damit serviert, aber gar nichts hat er gesagt, nicht einmal bemerkt hat er es, dass ich es mir hab eigens anfertigen lassen von meiner Schneiderin. Hat eine Menge Geld gekostet. – Dies Kleid, das Sie jetzt da sehen, das mit dem Detrimentum, habe ich von der Stange gekauft. Aber von der Stange bekommt man eben keine halbdurchsichtigen Kleider nicht, die muss man schon anfertigen lassen. Es sei denn, man kauft, wenn man das Geld hat, bei dem Dings ein, dem Filzeder. Aber der ist ja mehr auf Herrenkleidung spezialisiert, und nicht auf eine durchsichtige. Da muss man möglicherweise sogar nach Paris gehen, um so etwas in einer Boutique kaufen zu können. Deswegen habe ich mir gedacht, ich lass mir eines anfertigen, von meiner Schneiderin, der Frau PröllMeitinger, auch wenn es noch so teuer kommt. Und ich hätte mir nicht denken können, dass er das nicht einmal zur Kenntnis nimmt. Da hab ich dann endgültig gewusst, wie ich dran bin.«

»Ja, schon recht«, beruhigte sie der Richter,»jetzt wollen wir aber wissen, wie dieses, äh, Detrimentum dann zustande gekommen ist, von dem Sie immer reden.«

»Na, das ist eine lange Geschichte«, meinte die Frau Sedlatschek.

»Versuchen Sie bitte, sie einigermaßen kurz und zusammenfassend darzustellen«, forderte sie der Richter auf.

»Ich weiß nicht, ob mir das gelingen wird, Herr Richter. Da muss ich eigentlich ein bisschen ausholen. Wissen Sie, mein Onkel hat eine Zugehfrau gehabt, ich weiß gar nicht mehr, wie sie geheißen hat, wir haben sie einfach Frau Else genannt. Die hat zu Hause einen Papagei gehabt.«

»Frau Sedlatschek«, fragte der Richter vorsichtig,»sind Sie sicher, dass Sie nicht etwas zu weit ausholen?«

»Nein, im Gegenteil«, meinte Frau Sedlatschek,»ich müsste sogar noch wesentlich weiter ausholen, damit Sie die Bedeutung des Ganzen erfassen. Aber ich fange mit der Frau Else ihrem Papagei an. Der hat nämlich Karo geheißen. Es könnte auch sein, dass er Klara hieß. Klara, glaub ich, hat er geheißen. Nein, nein, doch Karo, weil es war nämlich ein Männchen, hat die Frau Else zumindest behauptet. Als die Frau Else einmal in den Urlaub gefahren ist, da hat sie meinen Onkel gebeten, dass er auf den Karo aufpasst. – Nein, ich glaube, er hieß doch Klara. Bei Papageien macht man ja da keinen so großen Unterschied. Oder können Sie ein Papageienmännchen von einem Papageienweibchen unterscheiden, ich meine rein äußerlich, Herr Richter? Zum Schluss war das nämlich gar kein Männchen, weil er einige Worte gesprochen hat und die Weibchen bei den Papageien ja, wie es heißt, nicht reden sollen.«

Der Richter konnte ein Schmunzeln nicht unterdrücken und murmelte ein leises »Bei Ihnen scheint das aber nicht der Fall zu sein, Frau Sedlatschek«.

»Was heißt das?«, rief die Beklagte, die auch in ihren späten Jahren noch immer gute Ohren hatte. »Ich hoffe, das ist nicht frauenfeindlich gemeint, was Sie da gesagt haben. Haben Sie jemals schon einen Papagei gehabt, Herr Richter?«

Der schüttelte den Kopf.

»Dann würde ich Ihnen empfehlen, sich hier in dieser Gerichtsverhandlung nicht ornithologisch betätigen zu wollen«, rief Frau Sedlatschek in strengem Ton.

»Jetzt kommen Sie endlich zur Sache!«, ermahnte sie der Richter.

»Was war jetzt mit dem Papagei eigentlich los?«

»Das sagte ich Ihnen doch bereits, Herr Richter«, rief Frau Sedlatschek. »Die Frau Else ist in den Urlaub gefahren und hat meinen Onkel gebeten, dass er auf die Klara aufpasst, mitsamt dem Käfig. Mein Onkel war schon immer ein gutmütiger Mensch und konnte niemandem eine Bitte abschlagen. Also hat er den Papagei in Logis genommen. Aber wie das Schicksal halt manchmal so übel mitspielt, hat mein Onkel von einem Tag auf den anderen plötzlich verreisen müssen. Er hat schon in der Früh um sechs Uhr einen Anruf aus Brunsbüttelskoog erhalten, das ist da oben irgendwo zwischen Harnburg und Husum. Wenn Sie eine Karte dähätten, Herr Richter, könnte ich es Ihnen ganz genau zeigen. Sie wissen doch Husum, über das der gebürtige Husumer

Theodor Storm ein Gedicht geschrieben hat. Ich erinnere mich noch genau an das Gedicht, das wir damals in der sechsten Klasse, als wir die Nordsee durchgenommen haben, gelernt haben. Soll ich es Ihnen aufsagen? ,Am grauen Strand, am grauen Meer und seitab liegt die Stadt. Der Nebel drückt die Dächer schwer, und durch die Stille braust das Meer eintönig um die Stadt …'«

»Frau Sedlatschek«, rief der Richter »jetzt hören Sie bitt schön mit dem Gedicht auf. Kommen Sie zur Sache!«

»Schade«, meinte Frau Sedlatschek, »ich hätte es noch bis zum Ende zusammengebracht. Ich kenne noch eine ganze Reihe von Gedichten aus der damaligen Zeit. Damals haben die Kinder noch Gedichte gelernt. Heutzutage lernt ja niemand mehr etwas auswendig und lässt sich lediglich berieseln …«

Der Richter wurde langsam ungeduldig. »Ja, ja, schon recht«, meinte er, »aber was war jetzt mit ihrem Onkel?«

»Das hab ich Ihnen doch gesagt. Er hat einen Anruf aus Brunsbüttelskoog bekommen. Da oben hat er nämlich seine Eigentumswohnung gehabt. Jetzt werden Sie fragen, Herr Richter, wie kommt denn der Onkel zu einer Eigentumswohnung in Brunsbüttelskoog …«

»Nein«, schrie der Richter, »das werde ich Sie nicht fragen, das ist mir wurscht.«

»Dem Onkel war es aber nicht wurscht, weil er einen sehr brisanten Anruf bekam von einem gewissen Herrn Wesemann, von dem er die Eigentumswohnung damals unter äußerst merkwürdigen Umständen gekauft hat. Soll ich Ihnen das nicht noch erklären, Herr Richter?«

»Nein, verdammt noch mal! Was hat die Eigentumswohnung mit Ihrem Kleid und dem von Ihnen so bezeichneten Detrimentum zu tun? Das ist es, was Sie mir jetzt endlich erklären sollen.«

»Sag ich Ihnen doch die ganze Zeit«, fauchte nun Frau Sedlatschek zurück, »der Onkel hat die Eigentumswohnung vermietet gehabt an einen Junggesellen namens Svenson, der väterlicherseits von einem Schweden, mütterlicherseits aber von einer Frau Döbele aus Böblingen abstammte.«

»Die Namen tun hier nichts zur Sache!«, griff der Richter erneut ein. »Was war mit dieser verdammten Eigentumswohnung?«

»Wieso kommen Sie darauf, Herr Richter«, fragte Frau Sedlatschek, »diese Eigentumswohnung als verdammt zu bezeichnen? Vielleicht haben Sie aber gar nicht so unrecht. Der Onkel hat sich tatsächlich mit der Eigentumswohnung seit Anbeginn nur herumärgern müssen. Nicht zuletzt wegen diesem Svenson, der war nämlich,das hat sich später erst herausgestellt, ein Polygamist. Herr Svenson war, ob Sie es glauben oder nicht, mit zwei Frau verheiratet, gleichzeitig. Vielleicht war die Strafe dafür, dass er einen Deichbruch hatte.«

»Blödsinn«, rief der Richter, »ein Mensch kann keinen Deichbruch haben. Er kann sich vielleicht die Füße brechen – ein Deichbruch ist etwas ganz anderes.«

»Bei dem Deichbruch ist der Herr Svenson verunglückt«, fuhr die die Beklagte unbeeindruckt fort, »und die zwei polygamischen Frauen von ihm wollten, ohne dass die eine von der anderen wusste, in die Wohnung einziehen, und da ist es eben zu einem riesigen Krach gekommen. Der Hausverwalter, der Herr Wesemann, hat meinen

Onkel angerufen, dass er sofort nach Brunsbüttelskoog fahren solle. Und das hat er dann auch getan, aber vorher hat er mich angerufen, dass ich auf den Papagei, die Klara, aufpassen müsse.«

Der Richter stöhnte. »Endlich kommen wir der Sache etwas näher. Hoffe ich zumindest. Und was hat jetzt der Papagei mit Ihrem Kleid zu tun?«

»Das werden Sie gleich erfahren«, meinte Frau Sedlatschek. »Ich habe ja in dieser Zeit, wie Sie wissen, bei diesem Herrn Quirl, Entschuldigung, dem Herrn Ministerpräsidenten Quirl, aber damals war er's ja noch gar nicht, gearbeitet und den ganzen Tag Bürostunden gehabt, und der Onkel hat mir gesagt, dass man den Papagei, die Klara, das hat ihm die Frau Else ans Herz gelegt, ja keine Stunde allein lassen dürfe, weil er sonst nämlich einen Anfall bekommt. Haben Sie schon einmal was von der Papageienkrankheit gehört, Herr Richter?«

»Jetzt wird's mir aber langsam zu bunt«, schimpfte der Richter.

»Ja, zu bunt ist es mir auch geworden mit dem Papagei. Ich kann Ihnen sagen, das ist vielleicht ein strapaziöses Tier gewesen. Am Wochenende ist es ja noch gegangen, weil mir der Onkel alles genau gesagt hat, was für ein Futter dass ich ihm geben muss und wie ich mit ihm reden muss, damit er bei Laune bleibt. Aber als dann der Montag kam, da hab ich mir gedacht, ich kann ihn ja nicht allein lassen, und hab ihn ins Büro mitgenommen, wo ich die Vorzimmerdame vom Herrn Quirl war, das wissen Sie ja, vom jetzigen Herrn Ministerpräsidenten. Hat ja damals keiner geahnt, dass es der einmal zu einem Ministerpräsidenten bringt. Was unsere Nachbarin, Frau Reinschneider, gesagt hat, als sie das gelesen hat, dass der Quirl der Präsident wird, möchte ich hier nicht wiederholen.«

»Das haben Sie auch gefälligst zu unterlassen!«, rief der Richter. Dann fuhr er, um Beherrschnung bemüht, fort: »So, Sie haben den Papagei mit ins Büro genommen. Und da ist dann was passiert?«

»Herr Quirl hat ja zunächst einmal gar nicht gemerkt, dass ein Papagei da ist, aber der Papagei hat sich offensichtlich in dieser Umgebung nicht besonders wohl gefühlt, vielleicht war es aber auch etwas

Atmosphärisches. Irgendwie hat der nämlich auch eine ganz besondere Atmosphäre, der Herr Quirl beziehungsweise der Herr Ministerpräsident. – Da brauchen Sie mich nicht so bös anschauen, Herr Richter, eine Atmosphäre ist keine Beleidigung. Ich hab mich vorher erkundigt, es kann auch etwas sehr Positives sein. Eine besondere Atmosphäre, hab ich sogar gesagt. – Jedenfalls ist der Papagei nicht damit zurechtgekommen und hat plötzlich furchtbar zu kreischen angefangen. Und da ist der Herr Quirl gekommen und hat gesagt, dass das nicht geht, weil er nämlich meditieren muss. Jawohl, meditieren hat er gesagt. Ausgerechnet der Quirl und meditieren, der hat noch nie in seinem Leben meditiert. Aber jetzt, wo der Papagei da war, wär ihm auf einmal eingefallen, dass er meditieren muss. Ich habe einmal gelesen, dass die fernöstlichen Weisen meditieren über die Wiedergeburt oder so etwas Ähnliches. Aber der Herr Quirl glaubt bestimmt an keine Wiedergeburt, und deswegen hat er auch keinen Grund zu meditieren. Es war nur ein Vorschub, weil er wollte, dass der Papagei aus dem Büro raus muss.«

»Also, Frau Sedlatschek, dieses Ansinnen kann ich ja durchaus verstehen, wenn dieses Tier unentwegt kreischt, noch dazu in einem Amtszimmer.«

»In einem Vorzimmer«, meinte die Frau Sedlatschek, »Vorzimmer, wohlgemerkt. Ein Vorzimmer ist noch lang kein Amtszimmer. Außerdem ist das Vorzimmer mit einer Doppeltür vom Amtszimmer getrennt, und der Papagei hat auch nicht unentwegt gekreischt, sondern nur bloß einmal richtig. Da hat der Herr Quirl gesagt, ich soll schauen, dass ich den Papagei entferne. Das müssen Sie sich vorstellen, in welche Situation ich da gekommen bin. Der Onkel war wegen der leidigen Angelegenheit des Herrn Svenson in Brunsbüttelskoog oben, möglicherweise im Streit mit den zwei Frauen von diesem Bigamisten, und ich soll mich mit dem Papagei entfernen, beziehungsweise denselben entfernen. Wie wenn man den einfach recyceln könnte, wie man heutzutage sagt. Ein Papagei ist kein recycelbares Wesen. Das kann man mit einem Papier oder mit einer Flasche machen, aber nicht mit einem lebendigen Papagei.«

»Und was ist dann weiter geschehen?«, wollte der Richter wissen.

»Es ist gekommen, wie es kommen musste«, sagte die Frau Sedlatschek, »ich bin zu dem Papagei hin und hab versucht, ihn zu beruhigen, hab ihm das Futter gegeben, das ich eigens noch am Samstag in der Vogelhandlung Aumüller besorgt hab. Die Aumüllers kennen sich nämlich aus, was einem Papagei guttut. Herr Aumüller ist ein Fachmann auf seinem Sektor. Er war nämlich früher einmal kurz bei der Fremdenlegion und hat Dschungeleinsätze gehabt. Da muss man sich auch mit solchen Tieren auskennen, also mit Tigern und so. Und auch mit Papageien. – Also, die Situation vergess ich nicht mehr. Das hätten Sie erleben müssen, Herr Richter. Dabei behauptet der Herr Quirl immer, dass er ein Tierfreund ist. Er hat sogar einmal für den Kassier im Puchheimer Tierschutzverein kandidiert gegen eine gewisse Frau Hannelore Uhle. Ja, da ist ihm der Schnabel aber sauer geblieben, obwohl er zu der Zeit schon Stadtrat war. Da sieht man halt doch, dass das Volk ein gesundes Empfinden hat. Das hat nämlich die Frau Uhle gewählt, weil die zwei Katzen hat. Der Quirl hat sich bloß schnell einen einzigen Goldhamster zugelegt, aus Opportunismus, weil er sich politisch größere Chancen ausgerechnet hat. Die Frau Uhle ist aber in der ganzen Gegend bekannt gewesen, weil sie wirklich fürsorglich mit ihren Katzen umgegangen ist. Und als eine der beiden gestorben ist, hat sie die sogar bei der Nacht im Westfriedhof begraben, in einem Familiengrab, obwohl man das nicht darf. Das hat ihr die große Sympathie von einigen Leuten in Neuhausen eingebracht, und deswegen ist die Frau Uhle auch Kassiererin geworden. Dem Quirl hat das furchtbar gestunken, und er hat den Goldhamster auf das hin auch gleich weiterverschenkt, weil er jetzt eigentlich für ihn keinen Wert mehr gehabt hat. Ich habe Ihnen ja gesagt, Tierliebe ist beim Herrn Quirl kleingeschrieben.«

Der Richter hatte es schon lange aufgegeben, den Redefluss der Beklagten zu unterbrechen, und murmelte nur noch ein fast schon resigniertes: »Zur Sache, zur Sache, Frau Sedlatschek!«

»Ich bin ja mittendrin in meiner Erzählung«, meinte die Sedlatschek, »das war vielleicht ein Auftritt. Und wenn ich hundert Jahre alt werde, werde ich ihn nicht mehr vergessen. Der kreischende Papagei und der Herr Quirl, der hinter mir stand und immer wieder sagte: ,Entfernen Sie das Tier! Entfernen Sie das Tier!' Nicht einmal Papagei hat er g'sagt, sondern Tier, er hat ihn auch nicht Karo geheißen.«

»Ich dachte, der Papagei hieß Klara und nicht Karo!« Der Richter versuchte, ernst dreinzublicken.

»Da haben Sie recht, Herr Richter«, konterte die Frau Sedlatschek,

»ich wollte lediglich schauen, ob sie meiner Erzählung auch geistig folgen.«

»Zur Sache, zur Sache«, mahnte der Richter wieder.

»Was heißt hier zur Sache, da gibt es nicht mehr viel zu erzählen Ich steh also vor dem Käfig und der Herr Quirl hinter mir, wie schon mehrmals gesagt. Stellen Sie sich das vor, Herr Richter. Vor mir also der kreischende, wütende Vogel, von dem die Frau Else meinem Onkel gesagt hatte, dass man ihn ja nicht reizen dürfe, weil sonst was ganz Schlimmes geschehen könnte. Das hatte aber die Frau Else dem Onkel und der Onkel nicht mir gesagt. Aber sie wissen ja, wie das so ist, wenn man nichts Genaues weiß, dann hat man noch mehr Angst. Ich stand also voller Angst zwischen dem Herrn Quirl und dem Vogel. Da hab ich mich entschlossen, ihm, um ihn zu beruhigen, Futter zu geben. Ich meine den Vogel, nicht den Herrn Quirl. Wo ich das Futter gekauft hab, hab ich, glaub ich, schon gesagt. Jedenfalls hätt ich das nicht tun sollen. Ich hab den Käfig aufgemacht, und der Papagei ist, eh ich mich recht versehen konnte, aus dem Käfig herausgehüpft, hat sich auf mein Kleid gesetzt und in dasselbe dieses Loch hineingerissen, das ich vorher als Detrimentum bezeichnet habe. Jetzt wissen Sie's. Der Herr Quirl, der jetzige Ministerpräsident, wenn der nicht gewesen wäre, dann wär das nicht passiert.«

»Und das ist also alles?«, wollte der Richter wissen.

»Ja, Sie sind gut«, meinte die Frau Sedlatschek, »ist das alles, fragt der, schaun Sie sich doch mal das Detrimentum noch einmal genauer an. Ein riesiges Loch in meinem Kleid. Was meinen Sie, wie lange es gedauert hat, bis der Herr Quirl und ich den Vogel dann gefangen und in den Käfig zurückgebracht haben? Gott sei Dank hat dann auch kurz drauf mein Onkel angerufen, dass er wieder von Brunsbüttelskoog zurück sei und sich jetzt die Sache mit der Eigentumswohnung geklärt habe, indem dass mein Onkel diesen zwei Furien einfach gekündigt hat und einen Nachmieter gefunden hat, der ihm eidesstattlich hat erklären müssen, dass er nicht polygam ist, obwohl eine solche Erklärung natürlich überhaupt nichts sagt. Da könnte ich Ihnen nämlich eine Geschichte erzählen …«

»Um Himmels willen«, rief der Richter, »es reicht. Wegen ihrem Schmarrn haben wir jetzt nicht nur einen Teil des Tages unnütz verbringen müssen, sondern Sie haben auch einen Wirbel in unser Land hineingebracht, der seinesgleichen sucht.«

Quirl war rehabilitiert. Er war aber offensichtlich durch die ganze Angelegenheit und nicht zuletzt durch die Angriffe auf ihn in der Presse so angeschlagen oder vielmehr gekränkt, dass er trotzdem seinen Rücktritt erklärte, wie er sagte, aus gesundheitlichen Gründen. Das fiel ihm vor allem deshalb leicht, weil ihm seine Partei als Ausgleich für das verloren gegangene Ministerpräsidentenamt die Präsidentschaft der August-Klug-Stiftung übertrug, wo er in einem Schloss an einem wunderschönen See residierte und sich vornehmlich in Zusammenarbeit mit der ägyptischen Regierung in Kairo dem Problem des Aussterbens einer bestimmten Skarabäusart im Nildelta widmen musste.

16. DER WELTUNTERGANG

Damit waren Hofeditzens Chancen auf eine Machtergreifung wieder bedeutend gestiegen. Er wollte nun endlich Nägel mit Köpfen machen. Aber würde er das auf dem normalen, verfassungsmäßig vorgesehenen Weg schaffen? Oder müsste er nicht vielmehr einen Staatsstreich vorbereiten?

Hofeditz hatte sich, wie schon angedeutet, lang und ausführlich mit den historischen Wissenschaften befasst, um zu ergründen, was wohl die beste Methode wäre, um an die Macht zu gelangen. Nach langem Nachdenken fand er den, wie er meinte, idealen Ansatz. Um die Menschen hinter sich zu bringen, musste er zunächst ihre Ängste schüren. Und dann könnte er ihnen versprechen, sie von ihren Ängsten zu erlösen.

Aber wovor hatten die Menschen wohl am meisten Angst? Arbeitslosigkeit, Hunger, Krieg, Terror? Es musste schon mehr sein.

Hofeditz war, das kann ich nicht oft genug betonen, ein unglaublich fleißiger und belesener Mensch. So studierte er auch Bücher über Astronomie. Und dabei kam ihm der Geistesblitz, fast wie vor über 2000 Jahren dem Mathematiker Archimedes von Syrakus, der damals – pudelnackt, weil er bekanntlich frisch aus der Badewanne kam – durch die ganze Stadt gelaufen sein und geschrien haben soll:

»Heureka! – Ich habe es gefunden!«

Nun, Hofeditz hütete sich, derartig bekleidet oder besser gesagt derartig unbekleidet durch die Landeshauptstadt zu laufen oder zu schreien. Aber er war sich sicher, es gefunden zu haben.

Was den Menschen am meisten Angst machte, das konnte nicht irgendeine Katastrophe sein, es musste die kosmische Katastrophe schlechthin sein!

Er hatte gelesen, dass die Umlaufbahn der Erde die Bahnen vieler Asteroiden schnitt und somit die Möglichkeit von Zusammenstößen – mit fatalen Folgen – sehr groß sei. Das Centre of

Astrophysics Research sagte für das Jahr 2126 die Wiederkehr des großen Kometen Swift-Tuttle voraus, dessen Bahn ebenfalls die Erdbahn kreuzt. Ein Zusammenstoß der Erde mit diesem Himmelskörper würde die Auslöschung allen Lebens bedeuten. Aber selbst wenn unser Planet auch das überstand: Unsere Sonne war ein Stern mittleren Alters, und wenn sie ungefähr fünf Milliarden Jahre alt wäre, dann wäre ihr Wasserstoff-Brennstoff erschöpft. Dann würde sie gewaltige Ausmaße annehmen und ihre Atmosphäre die Bahn des Mars erreichen, sodass die Erde vollständig in der Sonnenatmosphäre verschwände. Zuerst würden die Eiskappen der Arktis ebenso wie der Antarktis schmelzen, die Küsten überflutet werden, die Temperatur der Meere steigen, bis die Ozeane zu kochen anfingen, die Atmosphäre würde in den Raum verdunsten und schließlich eine Katastrophe von unvorstellbarem Ausmaß über die Erde hereinbrechen. Das Ende unseres Planeten war so sicher wie das Amen in der Kirche.

Wie schon erwähnt, besaß Hofeditz beste Kontakte zu verschiedenen Presseorganen. Dort lancierte er Artikelserien, die sich mit den kosmischen Gefahren befassten.

Doch das war nur der Anfang. Der Kern von Hofeditzens Vorgehensweise bestand darin, dass er dem so vorbereiteten Publikum nun die Frage stellte: Was tun wir eigentlich dagegen? Haben die bisherigen Regierungen denn auch nur ansatzweise eine Strategie entwickelt, um den kosmischen Gefahren zu begegnen? Hofeditz verstand es, diverse Journalisten verschiedener Rundfunkanstalten und Zeitungen dazu zu bringen, dass sie eine Art kritische Bilanz über die Amtszeit der einzelnen Ministerpräsidenten erstellten. Das Ergebnis war vernichtend: Ob es nun Schlammberger, Schustereder oder Quirl war – allesamt hatten sie in der entscheidenden Frage, auf kosmischem Gebiet, vollständig versagt! Sie hatten sich der Maxime ‚Abwarten und Tee trinken‘ verschrieben, anstatt Maßnahmen zur Rettung unseres Planeten einzuleiten!

Was die Amtszeit von Erna Kohlhuber anging, fanden alle kritischen Journalisten erstaunlicherweise etwas freundlichere Worte.

Dennoch kam der Fernsehzuschauer, Rundfunkhörer oder Zeitungsleser nicht um die Folgerung herum: Was die Abwendung der kosmischen Katastrophe angeht, war hierzulande noch nichts, wirklich gar nichts passiert.

Selbstverständlich vergaßen Hofeditz und seine willigen Gehilfen auch niemals, darauf hinzuweisen, dass sich das politische Streben der Königstreuen ganz in der Wiederherstellung der Monarchie erschöpfe und dass deren Programmatik keinerlei Rezepte gegen die kosmische Gefahr enthalte.

Wenn man die vollständige Katastrophe für unseren Planeten doch noch abwenden wolle, dränge die Zeit, so machten die Medien dem Publikum deutlich. Die Volksseele wurde im Besonderen dadurch in Erregung versetzt, dass eines der Blätter – man weiß bis heute nicht, ob versehentlich oder mit Absicht – die Lebensdauer der Sonne statt auf fünf Milliarden Jahre nur auf fünf Millionen Jahren beziffert hatte. Dieser versehentliche oder auch absichtliche Fehler löste eine geradezu panikartige Stimmung vieler Bürger des Landes aus. Nach zwei Wochen brachte das Blatt eine kleine, wenige Zeilen lange Richtigstellung. Aber das wurde nicht zur Kenntnis genommen.

Wie immer zu Zeiten mit Weltuntergangsstimmung reagierte kaum mehr jemand vernünftig, und es kam zu manchen geradezu grotesken Ereignissen. Und selbstverständlich wurde die allgemeine Angst von gewissenlosen Geschäftsleuten, die es immer zu diesen Zeiten gibt, entsprechend ausgenützt. So priesen etwa Immobilienhändler bisher unverkäufliche Eigentumswohnungen im südöstlichen Ural mit dem Argument an, dass dort der Weltuntergang eher gemäßigt verlaufen werde.

Auf eine ganz besondere Idee kam ein gewisser Egon Schinkenbauer, der sich aber, weil es seriöser klang, John Bacon-Farmer nannte. Der behauptete in einigen Artikeln, dass er aufgrund naturwissenschaftlicher Studien einen Ausweg aus dem bevorstehenden Weltuntergang gefunden habe: die sogenannten Wurmlöcher. So nennen die Physiker Zeittunnels, deren Existenz von vielen angenommen wird. Bacon-Farmer behauptete nun, es sei nicht nur schlüssig bewiesen, dass es solche Wurmlöcher gebe. Vielmehr habe er selbst mit deren Hilfe eine Möglichkeit gefunden, innerhalb kürzester Zeit von diesem Universum in ein anderes zu gelangen. Unser ganzes Universum, so verkündete er, sei voll von diesen Zeittunnels, und daher sei ein Ausweg aus unserer hoffnungslosen Situation prinzipiell möglich. Und so offerierte er: ‚In eine andere Dimension durch Bacon-Farmer's Wurmlöcher'. Es könne zwar noch einige Monate dauern, bis ein absolut sicherer Durchgang durch diese Wurmlöcher auch Menschen möglich sei. Doch habe er bereits einen Ort gefunden, der in nächster Nähe zum Eingang gleich mehrerer Wurmlöcher liege: nämlich auf Lanzarote, in unmittelbarer Nachbarschaft der Feuerberge. ‚Wer zuerst kommt, mahlt zuerst', schrieb Bacon-Farmer und forderte die Menschen auf, sich in das von ihm aufgekaufte Mammuthotel ‚Vulcano' auf der Insel einzumieten, bis es so weit sei. Willy Tremel, der einen Fotoladen in einem Vorort der Landeshauptstadt besaß, hatte ebenfalls eine Idee, die ihn über Nacht reich machte. Er bot eigens konstruierte Kameras an, die sogar unter Extrembedingungen absolut erstklassige Bildqualität liefern würden.

‚Halten Sie das unvergessliche Ereignis auf Foto und Video fest', lautete sein Werbespruch. ‚Gestochen scharfe und absolut farbtreue Aufnahmen vom Weltuntergang – dank Willy Tremels Apokalypsekameras.'

Es würde zu weit führen, all die weitreichenden Folgen aufzuzählen, die Hofeditzens Artikelserie auslöste. Tatsache ist jedenfalls, dass ein beträchtlicher Teil der Bevölkerung in panikartige Stimmung geriet. Hofeditz schürte das gezielt und stellte immer wieder die Frage: Was hat die Regierung getan, was tut sie jetzt, um die bevorstehende Katastrophe zu verhindern?

Und dann kam sein großer Plan endlich zum Tragen. Er forderte in allen ihm zur Verfügung stehenden Presseorganen die Einwohner des Landes auf, per Volksentscheid eine Notstandsregierung aufzustellen, die sich den kosmischen Herausforderungen sofort stellen wolle. Sich selbst, Hofeditz, pries er als Retter der Nation an und versprach, dass er eine Schar der auserlesensten Wissenschaftler und Weltuntergangsstrategen um sich versammeln werde, die sofort nach entsprechendem Ausgang des Volksentscheides unter seiner Regierung den Gefahren der totalen Auslöschung der Welt entgegentreten wollten.

So prangte bald an allen Hausecken der Aufruf: ‚Rettet die Erde, rettet das Land, legt euer Schicksal in Hofeditz' Hand!' Das Plakat zierte Hofeditzens Konterfei, und darunter stand der Slogan: ‚Wir brauchen Hofeditz als Kyberneten'.

Dieses merkwürdige Wort, ‚Kybernet', hatte Hofeditz nach langen, sorgfältigen Überlegungen gewählt, weil es ihm am wenigsten vorbelastet schien: Bisherige Politiker hatten sich Präsident, Kanzler oder gar ‚Führer' genannt.

Der Leser dieser Geschichte wird nun von mir einen genauen Bericht des weiteren Wahlkampfes erwarten, in dem ich ausführlich auf die Strategien der einzelnen Akteure eingehe. Er wird vermuten, dass ich all die Stationen schildere, die schließlich zu dem vielleicht erwarteten, vielleicht auch überraschenden Endergebnis führten. Aber es ist nicht meine Art, weitschweifig zu werden. Ich will vielmehr versuchen, ohne lange Umwege auf die wesentlichen Fakten loszusteuern.

Kurz und gut: Der Volksentscheid fiel mit 72,27 Prozent zugunsten von Hofeditz aus.

Das hätte an sich noch nicht viel gesagt. Aber Hofeditz nutzte alle Möglichkeiten, die sich jetzt boten, rief sich selber zum Kyberneten aus und ergriff die Macht in diesem Lande.

Hofeditz war, wie der geneigte Leser beim Studium beziehungsweise beim ganz einfachen Lesen des bisherigen Romanes (immer vorausgesetzt, dass man das Vorliegende überhaupt als einen solchen bezeichnen kann) festgestellt haben dürfte, ein äußerst kluger, oder, etwas negativer ausgedrückt, schlauer, ja raffinierter Stratege, der bisher alles darauf angelegt hatte, in diesem schönen Lande eines Tages die Macht zu ergreifen. Das war ihm nun über einige Umwege tatsächlich geglückt. Damit wollte er es selbstverständlich nicht bewenden lassen, und so bereitete er alles aufs Sorgfältigste vor, um die gewonnene Herrschaft auch auf Dauer zu sichern.

Zu diesem Zweck ging er, wie der geneigte Leser schon vermutet haben wird, keineswegs demokratisch vor. Er verzichtete

nämlich darauf, Kommissionen und andere Gremien einzuberufen und sie über irgendetwas abstimmen zu lassen. Er wusste
sehr wohl, dass Kommissionen aufgrund ihrer meist langwieri-
gen Sitzungen kaum Durchsetzungsvermögen haben. Eine Welt-
religion, gleich ob es sich nun um den Buddhismus, Hinduismus,
den Islam, das Judenoder Christentum handelt, wäre wohl kaum
einige Kilometer über ihren Entstehungsort hinausgelangt, sofern es der oder die jeweiligen Religionsgründer irgendwelchen
Oberund Unterkommissionen überlassen hätte, über die Rich-
tigkeit der Glaubenssätze abzustimmen.

Hofeditz berief vielmehr einen der führenden Philosophen
des Landes, einen gewissen Reimund Rosemund, zu sich und
verlieh ihm als Erstes in einem Staatsakt den neu geschaffenen Orden für galaktische Verdienste, die von ihm so benannte
‚Supernova'. Bei der Erwähnung der beiden Begriffe wird dem
geschätzten Leser vielleicht schon aufscheinen, dass Hofeditz
seine Herrschaft beziehungsweise Herrschaftsideologie auf dem
jüngst entstandenen Weltuntergangswahn begründete.

Hofeditzens Gespräch mit Rosemund dauerte viele, viele
Stunden, und am Ende desselben war ein Papier entstanden, das
in seiner Art bisher einzigartig war. Hofeditz hatte dem durch
die Verleihung der
‚Supernova' willfährig gemachten Philosophen die Grundla-
gen seiner Ideologie erklärt, und dieser hatte schnell verstanden,
was man von ihm wollte. In Kenntnis der philosophischen, aber
auch der gesellschaftlichen Situation stellte er ein beachtenswer-
tes Gedankengebäude auf, wenn man so will, eine vollständige
Weltanschauung für den neuen Hofeditz-Staat und seine Bürger.
Deren wichtigste Inhalte will ich hier mit meinen etwas kargen
Worten wiedergeben.

Hofeditz und Rosemund setzten voll und ganz auf astronomi-
sche, astrologische und esoterische Inhalte, die Wissenschaft,
Pseudowissenschaft und Aberglaube geschickt unter einen Hut
brachten. Das Ganze wurde dann mithilfe einfacher Schlagwör-
ter populär gemacht.

Der Kern ihrer Botschaft bestand darin, dass sich das Volk

aufgrund des ständig drohenden Weltunterganges in großer Gefahr befinde und dass alles nur Mögliche getan werden müsse, um denselben abzuwenden beziehungsweise die Bürger dieses Landes so auszurüsten, dass sie in der Lage wären, ihm zu entkommen. Nun kommt die Kernaussage, die ich im wahrsten Sinne des Wortes auf einen Punkt bringen will. Hofeditz und Rosemund hatten eine Ideologie entwickelt, die tatsächlich mathematisch, geometrisch und naturwissenschaftlich einiges hergab. Sie hatten die Überlegung angestellt, dass dreidimensionale Gebilde – egal ob Gegenstände irgendwelcher Art, wie beispielsweise Gebäude, oder auch Menschen – Einflüssen von außen, welcher Art auch immer, die größte Angriffsfläche boten. Weniger Angriffsfläche bot dagegen das Zweidimensionale, also Flächige. Stellen Sie sich, lieber Leser, einfach ein auf dem Boden liegendes Stück Papier vor. Sobald man es senkrecht stellt, wird es wesentlich schneller vom leichtesten Windhauch davongeweht.

Alles, was damit zusammenhing, noch näher zu erforschen, diese ehrenvolle Aufgabe erhielt die Kopernikus-Gesellschaft. Sie untersuchte nun die Einschlaghäufigkeit bei Zusammenstößen von Körpern verschiedener Art mit drei- beziehungsweise zweidimensionalen Gegenständen, eine Versuchsreihe, wie sie noch nie zuvor durchgeführt worden war. Das überraschende Ergebnis war eine entschieden geringere Einschlaghäufigkeit bei zweidimensionalen Gegenständen. Aufgrund dessen suchte man nun nach einer weiteren Optimierung und kam über die Linie als, wenn man so will, eindimensionaler Gegenstand schließlich und endlich zum Punkt.

Dieser gehört bekanntlich zu den merkwürdigsten Dingen dieser Welt. Er ist, wie man weiß, mathematisch oder geometrisch gesehen etwas, das gar keine Ausdehnung hat. Zwei Linien treffen sich in einem Punkt, aber eigentlich ist dieser Punkt räumlich gar nicht zu messen. Das bedeutete, wie der von Hofeditz beauftragte Mathematiker Georg Eisenhart feststellte, dass ein Punkt keinerlei Angriffsfläche bot.

Diese Forschungen hatten großen Einfluss auf die ,terrestrische Realutopie', wie Hofeditz selbst seine Lehre nannte. In seiner Astrosophie, die wiederum den geistigen Hintergrund für die terrestrische Realutopie bildete, erklärte er zum absoluten Ziel aller Politik und Ethik die Minimalreduktion auf den Punkt. Ein Punkt ist zwar da, aber er ist gleichzeitig auch wiederum nicht da. Diese Feststellung bildete den Ausgangspunkt für den Kern der Astrosophie, die Pointologie (ein ganz zentraler Begriff im Hofeditz'schen Denken). Auf diese Erkenntnisse baute also Hofeditz seine terrestrische Realutopie auf. So war es kein Wunder, dass die wichtigste Parole im Lande in dieser lautete: ‚Lasst uns alles auf den Punkt bringen!'

Hofeditzens Bemühungen um die Pointologie wurden bald mit einem besonderen Ehrentitel belohnt, den ihm die Kopernikus-Gesellschaft verlieh: den des Pointifex Maximus. So bezeichnete Hofeditz sich selbst – je nachdem, in welcher Funktion er gerade auftrat – als Kybernet oder als Pointifex Maximus.

Natürlich hatte die herrschende Ideologie nicht nur Auswirkungen auf das Denken, sie beeinflusste auch das tägliche Leben. Etwa die Architektur. Das Ideal allen Bauens war es nun, jedem Gebäude eine ‚pointisierte' Form zu geben. Banaler ausgedrückt: Es musste eine Spitze aufweisen. Denn eine Spitze endet ja bekanntlich in einem Punkt.

Neubauten wurden grundsätzlich so angelegt, dass sie in einem absolut spitzen Dach endeten, wobei das Rundspitzdach ein besonders erstrebenswertes Ideal darstellte. Die Kopernikus-Gesellschaft regte an, auch ‚bestehende Bauelemente' – im Grunde genommen also alle Häuser und Gebäude im Lande – mittelfristig zu pointisieren. Man könnte ihnen, so die Idee, eine Art Kunststofftrichter überstülpen.

Große Sympathie bei den Bürgern erwarb sich Hofeditz, indem er in einer seiner Ansprachen darauf hinwies, dass unser Land ja von Natur aus auf diese Pointisierung hin ausgerichtet sei, indem viele Berggipfel der Idealform mehr oder weniger nahe kämen. Selbstverständlich könne man daran denken, Berge, bei denen das nicht der Fall sei, im Laufe der Zeit noch mehr zu pointisieren.

In wie weite Lebensbereiche die Pointisierung nach und nach eindrang, zeigt sich beispielsweise an der Mode. Spitzige Hüte, wie sie zur Zeit der Ritter die Burgfräulein getragen haben sollen, waren bald der große Renner. Wobei nicht verschwiegen werden sollte, dass manche Menschen glaubten, mit dieser Art von Kopfbedeckung besser gegen Bedrohungen aus dem Weltall geschützt zu sein.

Der geneigte Leser vermutet wohl, dass Hofeditz hinter seiner Pointologie ganz persönliche Herrschaftsinteressen verbarg. Richtig gedacht! Es ging darum, alle individuellen Eigenschaften des Bürgers in einem Punktesystem zu erfassen und sie so mehr oder weniger aufzulösen. Ohne nun die Staatsraison Hofeditzens bis ins Letzte erläutern zu wollen, sei diese Konsequenz der Pointisierung herausgestellt. Das Zukunftsziel war es, Familienname, Vorname, Geburtsdatum, unveränderliche Merkmale, Charaktereigenschaften, schulische Leistungen, berufliche Leistungen, und so weiter und so fort, in eine einheitliche Punktedefinition zu bringen. Der Einzelne würde sich mehr oder weniger nur noch durch sein Punktekonto definieren. Nach dem Motto: Sage mir, wie viele Punkte hast du und ich sage dir, wer du bist. Du hast, verkündete Hofeditz alias Pointifex Maximus, dein Schicksal selbst in der Hand, indem du auf Punktejagd gehst, punktest beziehungsweise dich pointierst.

156

17. VIRTUELLE UNSTERBLICHKEIT

Hofeditz wusste: Wenn er sein ehrgeiziges Programm Wirklichkeit werden lassen wollte, brauchte er Mitstreiter, die ihm ganz und gar ergeben waren. Die Mitarbeiter seiner Vorgänger auf der politischen Bühne und selbst seine eigenen Mitarbeiter aus früheren Zeiten schienen ihm verbraucht, und so setzte er auf ganz und gar neues Personal.

Ich sollte vielleicht noch erwähnen, dass sich Hofeditz, dem wir ja immer eine enorme Intelligenz und auch entsprechenden Fleiß zugeschrieben haben, im Zusammenhang mit seiner Astrosophie stark an der modernen Chaosforschung orientierte. Nach dem Studium modernster naturwissenschaftlicher Werke über die Chaostheorie sah er seine Hauptaufgabe darin, zu verhindern, dass das Chaos des Weltalls über diesen Planeten, aber im Besonderen über das von ihm inzwischen beherrschte Land hereinbräche. Bei Wolfgang Johannes Dürich, der bekanntlich viel über den Weltuntergang und Weltuntergangspropheten recherchiert und geschrieben hat, fand Hofeditz den Satz:
Das Chaos ist von Anbeginn
von jeder Ordnung tiefster Sinn.
Drum der der Ordnung nur gebot,
der stark und mächtig als Chaot.

Hofeditz machte sich daher auf die Suche nach landbekannten Chaoten. Nach einigen Nachforschungen entdeckte er einen solchen im Institut für Bildungsplanung. Es handelte sich um den Leiter des Instituts, einen gewissen Dr. phil. Dr. oec. Otmar Schieble, der jahrzehntelang die Hauptverantwortung für die Bildungsplanung des Landes getragen hatte. Zur Erfüllung dieser schwierigen Aufgabe standen ihm eine ganze Reihe von Mitarbeitern und ein verhältnismäßig hoher Geldbetrag zur Verfügung.

Sein größtes Verdienst war die Durchführung einer aufwendigen Untersuchung zur Bildungsplanung, die sich unter Einsatz beträchtlicher Finanzmittel über viele Jahre hinzog. Sie erbrachte den Beweis, dass Bildung ganz und gar unplanbar sei.

Alles, was sich planen lässt, widerspricht dem Begriff der Bildung: Auf dieser empirisch gesicherten Erkenntnis baute er seine weiteren Forschungen auf. So ließ er den Bedarf an Volksschullehrern für einklassige Schulen für die nächsten zehn Jahre ermitteln. Schieble kam aufgrund seiner Untersuchungen zu einem sehr großen Bedarf, worauf das Kultusministerium den Ausbau der pädagogischen Hochschulen forcierte. Als das mit enormem finanziellem Aufwand zum Abschluss gelangt war, stellte sich heraus, dass inzwischen kein Bedarf an einklassigen Schulen mehr vorhanden war und dass aufgrund der Anti-Baby-Pille ein großer Geburtenrückgang stattgefunden hatte. Damit war Schiebles These von der Unplanbarkeit der Bildung aufs Eindrücklichste unter Beweis gestellt.

Es konnte nicht ausbleiben, dass Schieble nach diesen bahnbrechenden Erkenntnissen, die sein Land und die ganze Welt seinen Untersuchungen verdankten, mit weiteren, ähnlichen Forschungen beauftragt wurde. In dem neuen Vorhaben ging es um den Beweis, dass Unterrichtsplanung ebenfalls in keiner Weise möglich sei.

Zu diesem Zwecke startete Schieble mithilfe enormer Mittel, die er inzwischen auch vonseiten der interessierten Industrie bekam, Aufzeichnungen an zahlreichen Schulen des Landes. Dabei kam er nach 28.170 Stunden zu der fundamentalen Erkenntnis, dass ‚Friktionen invariabel‘ seien. Dies begründete er mit den bei diesen Untersuchungen gewonnenen Erkenntnissen, dass Störungen im Unterricht oder innerhalb der Schülerpersönlichkeit für den Unterrichtserfolg schädlich sein können. Diese Störungen – und das war das wertvollste Ergebnis dieser Untersuchung – sollte man in Zukunft als »intraextraperturbale Turbulenzen« bezeichnen. Mit diesem Begriff machte er schon seinerzeit die Kollegen aus dem Max-Planck-Institut, die sich mit der Chaosforschung beschäftigten, auf sich aufmerksam.

Einen weiteren Höhepunkt seiner Laufbahn stellte dann der

sogenannte Schieble'sche Lehrsatz dar: ‚Die informative Effzienz von mikrosoziologischen Gebilden ist abhängig von der Motivationspotenz der Instruktoren der Akzeptanz der Adressaten.'
Es folgte eine sogar mit dem Hans-Schiefele-Preis honorierte Untersuchung über das Meldeverhalten von Schülern. Schieble verglich darin das in den 1950er-Jahren in einklassigen Schulen übliche Heben des Fingers mit der Meldetechnik der 1990er-Jahre durch einfaches Handheben. Diese Untersuchung ging als ‚Digital-Manual-Dokumentationsdfferenz« in die Geschichte der modernen Didaktik ein. Ich will hier das genaue Ergebnis nicht ausführlich darstellen, da es für den Fortgang der Handlung nur bedingt entscheidend ist.
Es sei nur so viel angefügt, dass Otmar Schiebles Untersuchungen allesamt eines unter Beweis stellten: Je systematischer eine Untersuchung durchgeführt wird, desto mehr Unsystematisches stellt sich heraus. Darauf beruhte die Schieble'sche Theorie, nach der ein Höchstmaß an Ordnung beziehungsweise System zu einem totalen Chaos führen muss.

Nachdem also Hofeditz sorgfältig recherchiert hatte, entschloss er sich, Otmar Schieble zu einem seiner obersten Mitarbeiter zu machen. Selbstverständlich verwendete Hofeditz nicht den antiquierten und zu sehr verbrauchten Ausdruck ‚Minister' für hohe Ämter im Staat. Er nannte die Träger desselben vielmehr ‚Astrogogen'.
Ein weiterer Astrogoge namens Hubert Ill, ein studierter klassischer Philologe, der sich mehr oder weniger autodidaktisch zum Computerspezialisten fortgebildet hatte, wurde damit beauftragt, alles, was sich im Lande abspielte, auf eine virtuelle Ebene zu fixieren. In Zusammenarbeit mit den vorher» schon genannten Astrogogen erarbeitete er in monatelanger Klausur in den eigens dafür bereitgestellten Räumen des Kloster Banz einen gigantischen Plan, den er schließlich dem freudestrahlenden Hofeditz präsentierte. Hätte sich dieser Plan realisieren lassen, wäre Hofeditz der uneingeschränkte Herrscher des Landes mit einer noch nie vorher gehabten Machtfülle geworden. Er hätte sozusagen sein Land vom Bildschirm aus über das Internet regieren können.

Der aufmerksame Leser der bisherigen Erzählung wird unschwer erraten, dass Hofeditz inzwischen nicht mehr nur die Herrschaft in unserem kleinen Land im Kopf hatte, sondern schon mit Expansionsgedanken bis hin zur Weltherrschaft schwanger ging. Das Erfolgsrezept des geradezu genialen Ill schien ihm ein wirkungsvolles Sprungbrett dafür zu sein, die Beherrschung des Landes begann er mehr und mehr nur noch als eine Art Experimentierfeld zu sehen. Aber zunächst musste dieses Feld, um es einmal bildlich zu sagen, beackert werden. Die nächste Zeit verbrachten Ill und die anderen Astrogogen damit, immer mehr hochmoderne Geräte anzuschaffen, die der vollständigen Erfassung sämtlicher Daten über alle Bewohner des Landes dienen sollten. Für diese Aktion wählte Hofeditz den Begriff der ‚Pankognoszierung'. Es mag sein, dass das Wort ebenfalls auf den klassischen Philologen Ill zurückging, denn pan ist griechisch und bedeutet ‚alles', cognoscere lateinisch und steht für ‚erkennen'.

Nachdem die technische Seite des Unternehmens Gestalt angenommen hatte, stand Hofeditz vor der Herausforderungen, den Bürgern des Landes dessen Notwendigkeit zu erklären. Doch es dürfte sicher niemanden überraschen, wenn ich hier feststelle, dass ihn das nicht im Geringsten in Verlegenheit brachte. Eines Tages verkündete er über alle landesweiten Fernsehanstalten, dass er den größten lebenden Physiker, einen gewissen Johannes Kippler, an die neu gegründete Hubble-Universität berufen habe, um dort ein groß angelegtes Programm für die Rettung aller Bürger des Landes vorzubereiten. Kippler, so ließ Hofeditz verlauten, habe bereits ein aufsehenerregendes Buch geschrieben, in dem er die Möglichkeit der Unsterblichkeit mithilfe des Computers bewiesen habe. Es bestehe die Möglichkeit, ein virtuelles kosmisches Superhirn zu konstruieren, in dem sämtliche Einzelheiten des Körpers und Geistes jedes einzelnen Bürgers auf alle Zeiten gespeichert werden könnten, wodurch eine praktisch ewige Unzerstörbarkeit garantiert werde.

Die Aussicht auf Unsterblichkeit war eine bisher noch nie gehörte Heilsbotschaft, und die Bürger des Landes beglückwünschten sich, eine solche Geistesgröße wie Hofeditz an der Spitze der

Regierung zu haben. Doch der Kybernet startete unter dem beschriebenen Vorwand seine ganz konkreten Maßnahmen zur totalen Organisation, Kontrolle und Dominierung dieses Landes. Sparmaßnahmen allenthalben wurden damit begründet, dass der Einzelne viel mehr an seine virtuelle Zukunft als an die primären Erlebnisbereiche in der Gegenwart denken solle.

Selbstverständlich tat Hofeditz alles nur Mögliche, um zu verhindern, dass die Bürger die von ihm propagierte Reduzierung der Dimensionen als eine – hier durchaus wörtlich zu nehmen – Verflachung ansähen. So verwundert es nicht, dass er sich in diesem Zusammenhang eines Begriffes bediente, der häufig bei der Durchsetzung ähnlicher Ziele gebraucht wird: Er sprach von ‚Rationalisierung‘.

Rationalisierung bedeutete für Hofeditz das Ausmerzen alles Überflüssigen. Und überflüssig war wiederum alles, was nicht dem Ziel des kosmischen Überlebens diente. Rationalisierung bedeutete zunächst die schrittweise Reduzierung der Dimensionen: Arealisierung, so nannte er es, auf die dann die Linearisierung und am Ende die Punktualisierung folgen sollte. Aber da es ja nicht nur die Raumdimensionen, sondern als vierte Dimension auch die Zeit gibt, musste auch sie im Sinne des kosmischen Überlebens nach Möglichkeit reduziert werden. Es wurde also die Devise ausgegeben – und auch das ist ja schon ein bekanntes Phänomen –, es müsse, wo nur möglich, Zeit gespart werden. Nur wer Zeit spart, hat eine Chance auf die kosmologische Speicherung. Nur wer sich arealisiert, linearisiert und punktualisiert, kann kosmisch überleben. Dieses Dogma verkündete Hofeditz allenthalben in den verschiedensten Variationen.

Auch unter diesem Gesichtspunkt stand das Wegrationalisierung des Spieles und der Spielgeräte ganz oben auf der Prioritätenliste: Spielzeit ist überflüssige Zeit, sie wird besser auf Linearisierung und Punktualisierung auf das Wesentliche, auf die Effektivität verwendet.

Mit Ills Hilfe schaffte es Hofeditz in erstaunlich kurzer Zeit, fast alle Institutionen in dieses System der Arealisierung, Linearisierung und Punktualisierung zu bringen, gleich ob es sich um das bald weitgehend verschwundene Kulturleben oder die Wirtschaft ging. Kleinerer Unternehmen wurden genauso wegrationalisiert wie kleine Läden, alle Arten von Begegnungsstätten und auch die traditionellen Wirtshäuser verschwanden nach und nach. Die Schule wurde zu einem Geschehen im Internet reduziert. Hofeditz konnte eines Tages zufrieden bilanzieren, die Arealisierung des Landes sei weitgehend abgeschlossen. Er hatte sein Land in kurzer Zeit im wahrsten Sinne des Wortes zu einem Flächenstaat umfunktioniert. Natürlich vergaß er nicht, weiterhin durch die ihm hörigen Medien immer wieder die Schreckensvision eines immer näher rückenden Weltuntergangs zu beschwören. Berufsleben und Privatleben, sofern der Begriff ‚Leben' für dieses Funktionieren überhaupt noch adäquat sein kann, verliefen flächig und linear.

18. DIE GEGENREVOLUTION

Um ein Haar wäre es Hofeditz und seiner Schar der Astrogogen geglückt, dieses Land in eine totale Organisierbarkeit, Planbarkeit, Verflachung, Linearisierung, ja Punktualisierung hineinzumanövrieren – wenn ihnen allen nicht ein grundlegender Fehler unterlaufen wäre. Man mag sich ein wenig an die Geschichte von Asterix und Obelix erinnert fühlen, wo in dem großen römischen Reich ein kleiner Bezirk in Gallien von all den Machenschaften der Herrschenden ausgeklammert blieb. In unserem Fall handelte es sich um das Dorf Heiglfing. Möglicherweise trifft die später von dem Wünschelrutenexperten Damian Müller aufgestellte These zu, dass dieser Ort in einem eigentümlichen Bestrahlungsverhältnis stünde, was auch immer man darunter verstehen mag.

In diesem Ort wohnte Otto Josef Steuerl. Steuerl war der Chefredakteur der kleinen Landkreiszeitung ,Heiglfinger Bote', die für Eingeweihte ein besonderes Juwel enthielt: In der Wochenendausgabe pflegte Steuerl unter dem Pseudonym ,Der Grantlhuber' seine Gedanken zu Gott und der Welt zu veröffentlichen, in denen er in scharfsinniger und zugleich witziger Weise die kleinen und großen Geschehnisse dieser Welt unter die Lupe und aufs Korn nahm.

Schon lange war Steuerl das Wirken von Hofeditz ein Dorn im Auge, gleich ob es sich um die Sprachreform handelte, später die Weltuntergangshysterie und schließlich jetzt die Arealisierung, Linearisierung und Punktualisierung. Hofeditz war diese Kritik aber offensichtlich entgangen. Wie gesagt, es mögen die für besonderen Strahlungsverhältnisse in Heiglfing hier eine Rolle gespielt haben –Tatsache ist, dass diese Quertreibereien (und als solche hätte sie Hofeditz im besten Falle empfunden) nicht in das Internet-Abwehrsystem Hofeditzens eingeflossen waren, in dem sonst alle negativen Stimmen zu seiner Machtpolitik sofort erfasst wurden.

Es sollte hier noch nachgetragen werden, dass Hofeditz inzwischen ein äußerst strenges Regime aufgezogen hatte. Jede Art von Opposition oder, wie er es nannte, versuchte Blockade der kosmologischen Überlebensstrategie wurde mit drakonischen Maßnahmen bestraft. Das bedeutete in erster Linie, dass der oder die Betreffenden aus dem Versorgungssystem, das selbstverständlich über das Internet lief, gestrichen wurden und ohne die lebensnotwendigen Güter dastanden.

Das passierte beispielsweise einem gewissen Hans Heinlein, einem Lehrer, der sich weigerte, den inzwischen von Hofeditz eingeführten computergerechten Sprachgebrauch für seine Schulklasse zu übernehmen.

Wer die Charakterzüge des Kyberneten bis dato aufmerksam verfolgt hatte, konnte voraussehen, dass seine ursprünglichen Anbiederungsversuche gegenüber den Heimatpflegern im Lande nur ein taktisches Manöver gewesen waren. Hofeditz hatte sie mittlerweile längst ad acta gelegt und versuchte nun im Sinne der Arealisierung, die Sprache auf ein Mindestmaß zu reduzieren und sie jeder Eigenständigkeit zu berauben. Um nur ein Beispiel zu nennen, gab es beispielsweise keine Steigerung der Adjektive im Sinne eines klassischen Komparativs und Superlativs mehr. Komparativ und Superlativ wurden in derselben Weise mit der Vorsilbe ‚mega' ausgedrückt. Anstatt ‚groß, größer, am größten' hieß es also nun ‚groß, megagroß', und ‚viel, mehr, am meisten' wurde reduziert auf ‚viel, megaviel'. Damit hatte Hofeditz gleich in einem Aufwaschen auch einige schöne Sprachbilder abgeschafft, wie beispielsweise ‚kohlschwarz' oder ‚pechschwarz' – beides hieß jetzt nur noch ‚megaschwarz'.

Heinlein versuchte nun, die Schüler zu einer persönlichen, differenzierten Sprachgestaltung zu animieren. Dazu rief er ihnen jene schönen alten Ausdrücke wie ‚kreuzbrav', ‚vogelwild', ‚stocknarrisch', ‚putzmunter', ‚springlebendig', ‚stinkfaul', ‚maustot', ‚spindeldürr', ‚zaundürr' oder ‚zeckerlfett' wieder ins Bewusstsein. Ein entsprechender Aufruf an die Schüler des Landes war Hofeditz in die Hände gefallen, und so musste sich Heinlein zunächst die Dienstenthebung gefallen lassen. Er wurde aber nicht

164

nur auf Frührente gesetzt, sondern bekam im oben angedeuteten Sinne alle Bezüge gestrichen und wurde in einer eigens geschaffenen ‚Frühisolatenstation für Zuwiderhandler' kaserniert.

Heinlein brachte es jedoch irgendwie fertig, den Kontakt zu seinem alten Freund Otto Josef Steuerl wiederherzustellen. Erfreulicherweise fiel sein Notruf Hofeditz nicht in die Hände.

Steuerls Adresse wurde übrigens unter der Hand immer wieder von aktiven Oppositionellen als entsprechende Anlaufstelle weitergegeben. Es sammelten sich bei ihm Unmengen Briefe, die auf die katastrophalen Verhältnisse in unserem Lande aufgrund Hofeditzens Arealisierung hinwiesen.

Unter anderem scheint hierbei ein SOS-Ruf bemerkenswert, in dem sich ein gewisser Hans Wagner in Eschenlohe mit folgendem Inhalt an ihn wandte:

Sehr geehrter, lieber Herr Otto Josef Steuerl!

Ich habe schon sehr viel von Ihnen gehört und dass Sie sich immer für die Belange unseres Landes einsetzen. Aus diesem Grunde wende ich mich heute vertrauensvoll an Sie.

Ich bin Leiter einer Grundschule in diesem Lande. In den einzelnen Klassen finden sich Gott sei Dank noch sehr viele Schülerinnen und Schüler, die den Vornamen Josef oder Josefine tragen. Wie Sie wissen, ist es in unserem Lande üblich, diese Namen je nach Familie und Mentalität auf die verschiedenste Art und Weise abzuwandeln und deren Träger beispielsweise als Sepp, Bepperl, Beps, Josefa, Seferl, Finerl oder Fini anzureden.

Nun haben wir über Areal-Mail von unserem neuen Kyberneten Hofeditz die Aufforderung erhalten, zwecks besserer Erfassung alle diese Kinder nur noch Josef oder Josefine zu nennen. Zuwiderhandlung würde unter Disziplinarstrafe gestellt. In dieser Areal-Mail ist aber außerdem zum Ausdruck gekommen, dass bereits geplant ist, im Sinne einer arealeren Erfassung baldigst vom Vornamen zu einer Identifikationsnummer überzugehen.

Nun, wir Humanisten wissen, dass es das bereits einmal im alten Rom gegeben hat, wo man die Buben mit ‚Secundus',

‚Tertius', ‚Quartus' oder ‚Quintus' quasi durchgezählt hat. Wie weit es mit dem alten Rom gekommen ist, wissen wir aber auch.

Deshalb bitte ich Sie, alles Ihnen Mögliche zu tun, damit diese Sitte nicht noch einmal nach vielen Jahrhunderten Fuß fasst.

Ihr sehr ergebener Hans Wagner, Schulleiter.

Aus einem Kindergarten in Fischerbach erreichte ihn von einer Frau Amelie Türck folgender Brief:

Sehr geehrter Herr Steuerl!

Wie ich weiß, setzen Sie sich seit langer Zeit für Brauchtum und Spiel ein. Wir haben vor kurzer Zeit in einem Kindergarten eine Areal-Mail unseres Regierungsoberhauptes bekommen, mit dem ich ganz und gar nicht einverstanden bin. Da steht nämlich, dass unsere Kinder nur mehr spielen dürfen, wenn es sich um Lernspiele handelt, welche sehr schnell zu dem Erfolg führen müssen, dass die Kinder rechtzeitig lernen, auf die richtige Taste zu drücken.

Inzwischen wurden von einer bestimmten Seite, Sie können sich ja vorstellen von welcher, sämtliche Spielgeräte eingezogen, vor allem Bälle. Wenn Sie das Thema aufnehmen könnten, würde ich mich freuen!

Ihre Amelie Türck, Stellv. Kindergartenleiterin.

Diese zitierten Briefe waren geradezu exemplarisch für viele Zusendungen, die Steuerl bekam. Hofeditz kehrte mit eisernem Besen. Innerhalb kurzer Zeit hatte sich das fröhliche Leben des Landes grundsätzlich verändert. Alles lief nur mehr nach einem übergreifenden Plan. Man hatte den Eindruck, die Arealisierung vollzog sich landauf, landab auf allen Plätzen, und es schien geradeso, als ob sich die Menschen wie Figuren auf einem Spielbrett bewegten, oder, besser gesagt: bewegt wurden.

Das Propagandawesen funktionierte weithin ausgezeichnet. Wer sich den Anordnungen Hofeditz und seinen Astrogogen anstandslos unterwarf, bekam Astrobons, die dazu dienten, bei einer bevorstehenden Weltraumkatastrophe einen der vordersten Plätze in der Arealisierung, Linearisierung, Punktualisierung zu bekommen. Diejenigen mit den meisten Astrobons würden, so ließ es Hofeditz allenthalben verkünden, bei der ersten Rettungsraumfähre ‚in gespeicherter Form' dabei sein. Diejenigen mit wenig oder gar keinen Bons mussten damit rechnen, im Katastrophenfall in ihrer Dreidimensionalität auf der Erde zurückzubleiben. Und wer wollte das schon?

Doch zurück zu Otto Steuerl, der in dem eingangs erwähnten Heiglfing bereits die letzten potenten Kräfte des Landes gesammelt hatte. Er begann nun eine Strategie gegen den Kyberneten zu entwickeln. Steuerl beschloss, Hofeditz mit seinen eigenen Waffen zu schlagen. Dessen wichtigste Waffe war ja bis dato die Angst vor dem bevorstehenden Weltuntergang gewesen.

Da traf es sich gut, dass just zu dieser Zeit der weltweit anerkannte Chaosforscher Joe Leader seinen Urlaub in Heiglfing verbrachte. Leader war Steuerls Großneffe. So konnte es nicht ausbleiben, dass der Großonkel ihm immer wieder sein Leid über den trostlosen Zustand des Landes seit die Herrschaft des Kyberneten klagte. Selbstverständlich berichtete er ihm auch von dessen abenteuerlichen Weltuntergangstheorien, die Leader mit großem Amüsement zur Kenntnis nahm. Außerdem informierte ihn Steuerl, dass der Kybernet den seit Menschengedenken in diesem Lande festlich begangenen Josefitag hatte streichen lassen. »Da müsstest du eigentlich auch etwas dagegen tun«, hatte er zu Joe gesagt, »denn Joe ist ja bekanntlich das Gleiche wie Josef.«

Das hatte Leader nachdenklich gemacht. So entwickelte er nun zusammen mit Steuerl einen astrophysischen Gegenplan, in dem der Josefitag eine entscheidende Rolle spielen sollte. Dem Plan lag eine wissenschaftlich wohlbegründete Erkenntnis zugrunde, die ich hier kurz erklären will.

Im Universum herrscht bekanntlich eine Tendenz zum Chaos. Sobald irgendeine Form von Bewegung oder Umwandlung geschieht, wird dabei immer etwas aus einem geordneten, potenziell nützlichen Zustand in einen willkürlichen, chaotischen Zustand überführt und kann danach nicht mehr nutzbar gemacht werden.

Nach welchen Gesetzmäßigkeiten das erfolgt, das beschreiben die drei Hauptsätze der Thermodynamik, von denen uns hier die beiden ersten interessieren.

Der erste Hauptsatz besagt, dass in einem abgeschlossenem System die Summe der Energie und Masse unabhängig von dem in diesem System stattfindenden Reaktionen konstant bleibt. Um ein Beispiel zu geben: Wenn man in einem isolierten Behälter heißes Wasser mit kaltem vermischt, kühlt das heiße Wasser ab und das kalte erwärmt sich. Die Gesamtwärmemenge aber bleibt unverändert. Dieser erste Satz der Thermodynamik führt uns zum Gesetz von der zunehmenden Entropie. Darauf bezieht sich der zweite Hauptsatz der Thermodynamik. Hier wieder eine einfache Möglichkeit, dies zu verstehen. Wenn es im Hauptsatz heißt, man könne nicht gewinnen, lautet der zweite, dass man nicht aufholen kann. Ist ein Becher heißes Wasser erst einmal mit einem Becher kaltem Wasser vermischt, gibt es keine Möglichkeit mehr, ohne zusätzlichen Energieaufwand die nunmehr lauwarmen Moleküle wieder voneinander zu trennen und in ihrem ursprünglichen Zustand sehr heißer oder aber sehr kalter Moleküle zurückzuführen. Oder, um ein Beispiel aus dem Weltall zu nehmen: In der Sonne wandeln Kernreaktionen Sonnenmasse in Energie um, die durch den Weltraum zur Erde gelangt und sie erwärmt. Es gibt effektiv keine Möglichkeit, die Wärme der Erde zurück in die Elemente zu verwandeln, welche die anfänglichen Kernreaktionen hervorgerufen haben.

Wenn man das weiterdenkt, bedeutet es: Das Potenzial des Kosmos, nutzbare Energie in Form hoher Temperatur zu erzeugen, verringert sich ständig. Sterne, die einst mit weit höheren Temperaturen als die Sonne brannten, sind heute erkaltete Eisklumpen, weil ihre atomare Energie verbraucht ist. Unter der Voraussetzung eines abgeschlossenen Systems strebt das Universum dem absolutem Nullpunkt entgegen, an welchem die Temperatur minus 273 Grad Celsius beträgt. Wenn des Potenzial im physikalischen Sinne erschöpft ist, dann tritt der Wärmetod unseres Universums ein. Das Universum strebt zum Chaos hin und nicht zur Ordnung.

Um es kurz zu machen: Otto Josef Steuerl schloss sich, nachdem er die Tragweite der Erklärungen seines Großneffen voll und ganz überdacht hatte, mit allen destruktiven Kräften des Landes zusammen. Das heißt: ‚Destruktiv' waren sie aus Sicht des Kyberneten, aber was die Kultur und deren Rettung anbetraf, musste man sie als durchaus konstruktiv ansehen.

Zu diesen Kräften gehörte unter anderem der schon vorn erwähnte Quirin Lodermann-Cnk, mit dem sich Steuerl in langen Koalitionsverhandlungen auf ein gemeinsames Vorgehen einigte. Zu seinen Partern gehörten aber auch die Patrioten mit dem Vorsitzenden Helmut Peschel und Otto Kolm und ganz besonders die Gebrüder Besold, deren Vater Anton bereits den Boden für die so positive Entwicklung des Freistaates nach dem Krieg bereitet hatte. Florian Besold hatte inzwischen eine großartige Stiftung für Kultur, Brauchtum und Wissenschaft begründet, die auch zu Zeiten der letzten Wirren ein Fels in der Brandung gewesen war. Der blitzgescheite Rechtsanwalt stand Steuerl mit Rat und Tat ebenso zur Seite wie der großartige Präsident der Naturakademie Dr. Jürgen Vocke, der über Jahre durch sein unglaubliches Engagement dafür gesorgt hatte, dass Fauna und Flora in Feldern, Wäldern, Seen und Luft den Freistaat zu einem Paradies machten.

Obwohl Steuerl und Lodermann befürchten mussten, dass sie vom Geheimdienst des Kyberneten überwacht wurden, stellten sie immer wieder die Frage:»Wollt ihr den Wärmetod unseres Universums?« Und sie gaben eine Vielzahl von Beispielen, wie man sich das vorzustellen hatte, erklärten sogar immer wieder die ersten beiden Hauptsätze der Thermodynamik.

Wenn einmal die Ordnung zerstört sei, so folgerten sie, dann lasse sich nichts mehr wiederherstellen. Sie brachten das Beispiel eines Glases, das in tausend Scherben zerbricht: Selbst in Milliarden von Jahren bestehe keine Möglichkeit, dass wieder ein normales Trinkglas daraus werde.

Der Kybernet, so war der nächste Argumentationsschritt, hatte die Ordnung zerstört, indem er unseren zentralen Ordnungsfaktor, den 19. März, abgeschafft hatte.

Der geneigte Leser wird es bereits erkannt haben: Der heilige Josef wurde Symbolfigur für diese Ordnung des Landes. Und dank der Fähigkeiten von Steuerls Großneffen Joe Leader ließ sich die fundamentale Bedeutung des Datums 19. März nicht nur für die Geschichte des Landes, sondern für die Geschichte des ganzen Universums sogar mathematisch beweisen.

Der 19. Tag des 3. Monats wurde zur Zentralkonstante des Universums deklariert. Denn man stellte folgende Überlegung an: $19 + 3$

$= 22$.

Diese beiden Zweien ergeben immer 4, egal ob man sie addiert, multipliziert oder die Potenz daraus bildet: $2 + 2 = 4$. $2 \times 2 = 2^2 = 4$.

Und nun gut aufgepasst: Es gilt sowohl: $2 + 2 - 2 \times 2 = 0$ als auch: $2 + 2 - 2^2 = 0$.

Wer den 19. März streicht, steuert also, so war die mathematische Folgerung, automatisch der Null zu, er ist auf dem Weg ins Nichts. Das bedeutet die gänzliche Auflösung all dessen, was ist. Eine mit 0 multiplizierte Zahl wird selber zur 0. Mit der Aufhebung des 19. März wird also das Nichts seinen endgültigen Sieg über das Sein davontragen.

Noch einen anderen Beweis führte Leader: Der heilige Josef als Patron der Arbeiter steht symbolisch für die physikalische Größe Energie $= e$. Würde man diesen Begriff mehr oder weniger eliminieren, so würde dies auch bedeuten, dass die von Albert Einstein entdeckte zentrale kosmische Formel $e = m \cdot c^2$, da e gleich 0 wäre, ins Nichts verschwände.

Kurzum: Der Wärmetod unseres Universums wäre durch das Streichen des 19. März als amtlicher Feiertag vorprogammiert.

Otto Josef Steuerl gründete infolgedessen in einer Nacht-und-Nebel-Aktion die Josefspartei. Ihr Parteiprogramm bestand nur aus einem einzigen, scheinbar harmlosen Ziel: Der 19. März muss ein Feiertag sein. Doch das Volk verstand, welcher Sprengstoff sich dahinter verbarg. Diese einzelne bescheidene Forderung legte die Axt an die Wurzel des Systems Hofeditz. In Windeseile verbreitete sich die Kunde davon im ganzen Land.

So versammelte sich an einem denkwürdigen 19. März in dem kleinen Heiglfing eine unüberschaubare Menge von Bürgerinnen und Bürgern des Landes. Alle sangen sie:

Wir sind allhier in schlimmer Not,
wir wollen nicht den Wärmetod.
Der Kybernet ist eine Schand
für unser wunderschönes Land.
Nun jagt ihn in den Norden fern.
Wir wolln den heiligen Josef ehrn!

Das Lied schwoll zu einem gewaltigen Hymnus an, der bis in die Mauern der Residenz des Kyberneten drang. Den erfasste Angst und Schrecken, und er floh in den Teil der Erde, von dem er stammte und wo er auch hingehörte. Dort ist er bis zur absoluten Bedeutungslosigkeit untergetaucht.

In diesem Lande aber ist der Josefitag wieder ein amtlicher Feiertag, und jedes Jahr an diesem Tag erschallt, von vielen Tausend Kehlen gesungen, folgender Vers:

Vor Milliarden Jahren tat's einen Knall.
Und daraus entstand unser jetziges All.
Mit Galaxien in rauen Mengen,
die selbst mit Milliarden Sternen voll hängen.
Unser Sonnensystem ist da drin vertreten
mit einer Sonne und den acht Planeten.
Davon ist einer aus dieser Herde
unser Heimatstern, unser blauer, die Erde.
Fünf Erdteile gibt's darauf wohlbekannt,
davon einer Europa. Da drin ein Land
ist unsers. Und auf einem Fleckerl
davon feiern wir grad in dem Eckerl
den heiligen Josef mit dankbaren Herzen
an seinem Gedenktag, dem 19. Märzen.
Milliarden von Jahren, Millionen von Stern',
bis zum 19. März, wenn Sankt Josef wir ehrn.